おれは一万石

後嗣の祠

千野隆司

双葉文庫

目次

那珂湊
高浜
秋津河岸
霞ヶ浦
北浦
鹿島灘
利根川
小浮村
高岡藩
高岡藩陣屋
飯貝根
酒々井宿
銚子
外川
東金

↑白沢・柳林・阿久津河岸へ
久保田河岸
渡良瀬川
▲筑波山
古河
下妻藩
鯉川
小貝川
関宿
鬼怒川
椚木村
牛久
粕壁
野田
取手
流山
柏
三郷
木颪
川口
松戸
白井
江戸川
鎌ヶ谷
萩原村
隅田川
江戸城
行徳
印旛沼
日本橋行徳
新川
小名木川
↓市原郡へ

おもな登場人物

井上正紀……下総高岡藩井上家当主。
竹腰睦群……美濃今尾藩藩主。正紀の実兄。
山野辺蔵之助……北町奉行所高積見廻り与力で正紀の親友。
植村仁助……正紀の近習。今尾藩から高岡藩に移籍。
京……高岡藩先代藩主井上正国の娘。正紀の妻。
佐名木源三郎……高岡藩江戸家老。
佐名木源之助……佐名木の嫡男。正紀の近習。
井尻又十郎……高岡藩勘定頭。
青山太平……高岡藩廻漕河岸場奉行。
杉尾善兵衛……高岡藩廻漕河岸場奉行助役。
橋本利之助……高岡藩廻漕差配役。
松平定信……陸奥白河藩藩主。老中首座。
松平信明……三河吉田藩藩主。老中。老中首座定信の懐刀。
徳川宗睦……尾張徳川家当主。正紀の伯父。

おれは一万石
後嗣の祠

前章　早世の子

一

寛政《かんせい》四年（一七九二）一月七日は五節句の一つとなる人日《じんじつ》の節句で、下総高岡《しもうさたかおか》藩主の井上正紀《いのうえまさのり》だけでなく諸侯は登城をした。夜半から北風が吹いて、室内も冷えた。

起き上がるのが辛《つら》い朝だった。廊下に出て朝の気を吸い込むと、一瞬にして目が覚めた。空《から》っ風《かぜ》が吹き抜けていった。

登城の前には、家中一同で七草《ななくさ》の粥《かゆ》を啜《すす》った。七草は、屋敷の庭から採《と》った。熱々の粥は、腹に染みた。当主の正紀から中間《ちゆうげん》に至るまで、同じものを口にして人日の節句を祝った。

この日、門松と注連縄《しめなわ》が取り払われる。

正月は、餅《もち》さえ配られることがなかった。下総高岡藩上屋敷では、常の日と変わらない元日の朝を迎えたのである。

「七草の粥で、ようやく正月が来た気がするぞ」

と告げた藩士がいたと、正紀は聞いた。正月は美食をなすのが通例だが、その腹を休めるための七草の粥が、今年の高岡藩ではご馳走《ちそう》となった。

麦や雑穀《ざっこく》の交《ま》じらない、白米の粥だからである。

昨年は、不作でも凶作でもなかった。稲は順調に育った。けれども下総高岡藩一万石の井上家では、藩を揺るがす大きな出来事が二つあった。

八月には国替えの話が起こった。下総から無縁の遠方へ飛ばされる寸前まで行った。予期せぬことだった上に、そのさなかに先代藩主の正国《まさくに》が亡くなった。そして十一月には、災害によって崩れた深川洲崎《ふかがわすさき》の護岸工事にまつわる御手伝普請《おてつだいぶしん》を命じられた。

国替えは免《まぬが》れられたが、御手伝普請は逃れられなかった。十両二十両の金子《きんす》のためにも腐心《ふしん》する高岡藩が、七百二十五両の負担を強《し》いられた。

「藩は潰れる」

一時は悲嘆《ひたん》に暮れたが、正紀をはじめとする藩士一同の尽力や、縁者の力添えで金子を調《ととの》えることができた。

高岡藩の財政は、天明《てんめい》の飢饉《ききん》を経《へ》て逼迫《ひっぱく》していた。利根《とね》川の護岸工事のための、二千本の杭《くい》さえ用意できなかった。

六年前、正紀は美濃今尾《みのいまお》藩三万石竹腰《たけのこし》家から婿入《むこい》りをした。その直後から、藩財政回復のために戦う日々が続いた。天候に左右される年貢米だけに頼らない、収入の定着を目指してきた。

領国は、新田開発には向かない土地だった。しかし利根川には隣接していた。国許《くにもと》の地形を生かした高岡河岸《かし》の活性化と、下り塩や薄口醤油《うすくちしょうゆ》、〆粕《しめかす》の販売などで藩財政を回復させてきた。

利根川は、北関東の物資輸送では欠かすことのできない大動脈となっている。高岡河岸では、利用する荷船が順調に増えていた。実入りは徐々に増えて、ついにはそれまで続いていた藩士からの禄米《ろくまい》の借り上げを中止するまでになった。胸を撫《な》で下ろしたところで、御手伝普請が命じられた。

どうにか凌《しの》いだが、藩財政は正紀が婿に入ったときの状態に戻った。禄米の借り上げも再開せざるを得なくなった。

正月の餅も、配れなかったのである。

城中に入った正紀の伺候席《しこうせき》は、菊《きく》の間縁頬《まえんきょう》となる。ここには火鉢が置かれ、赤々とした炭がたっぷりと埋《い》けられている。暖かかった。

高岡藩上屋敷で火鉢が置かれているのは、病《やまい》に臥《ふ》す後嗣《こうし》の清三郎《せいざぶろう》が寝る部屋だけだった。政務に当たる者だけでなく、奥の者までも、厚着をして寒さを凌いでいた。

公式の登城だから、将軍家への拝謁《はいえつ》が済んでも、すぐに下城をすることはできない。しばらくは城内で過ごす。

気の合った同じ伺候席の大名と話をするのは、幕閣《ばっかく》や諸藩の動きを知るのに役立った。廊下などでは、伺候席の異なる諸侯とすれ違う折に挨拶《あいさつ》をした。場合によっては、短い立ち話もした。

それで、他藩の状況が窺《うかが》えた。

諸侯と廊下ですれ違う折、家格が上の者には、廊下の端に寄り黙礼をする。それに対しては言葉を交《か》わさなくても、おおむね答礼があった。ただ気づいても答礼をしない者もあった。愉快ではないが、仕方がないと受け入れていた。

その最《さい》たる相手が、老中首座の松平定信《まつだいらさだのぶ》や老中格の本多忠籌《ほんだただかず》だった。登城をするようになってから、ただの一度もなかった。疎《うと》まれていることは、分かっていた。国替えや御手伝普請を画策したのは、定信をはじめとする老中たちである。

この日も廊下を歩いていて、向こうから歩いてくる定信の姿があった。並んで歩いているのは、老中で三河吉田藩《みかわよしだ》七万石の松平信明《のぶあきら》だった。親密そうに、何か話していた。これを目にした大名たちは廊下の端に寄って黙礼をした。

定信と信明は歩きながらも、大名たちに答礼を返した。

正紀も、端に寄って頭を下げた。信明は冷ややかな表情だが、いつも通り答礼をした。

「ええっ」

仰天《ぎょうてん》した。今日も知らぬふりで行き過ぎると思った定信も、答礼をしたのだ。これまではなかったことだ。そして行き過ぎた。

「いったい、どうしたわけか」

初めてのことだ。見えなくなるまで、二人の後ろ姿を見送った。何かあったのかと考えたが、思い当たる節《ふし》はなかった。

定信が正紀の黙礼に答礼を返さないのには、わけがあった。それは正紀が、御三家筆頭尾張徳川家《おわりとくがわ》当主宗睦《むねちか》を伯父《おじ》に持つ身の上だからである。実父の竹腰勝起《かつおき》は、尾張徳川家八代宗勝《むねかつ》の八男だった。

竹腰家は代々尾張徳川家の付家老《つけがろう》という役に就《つ》いていた。高岡藩先代藩主正国は宗勝の十男で、高岡藩は二代にわたって尾張徳川家の血を引く者が藩主の座に就いた。

もともと高岡藩井上家は、遠江浜松藩《とおとうみはままつ》六万石井上家の分家の立場だった。しかし今では、井上一門というよりも尾張一門と見られるようになった。

正紀が定信や本多忠籌ら幕閣の重鎮《じゆうちん》に知らぬふりをされるのは、尾張一門が老中首座の松平定信をはじめとする幕閣と、対峙《たいじ》する立場を取ってきていたからである。

宗睦は定信の政策の柱となった囲米《かこいまい》の制や棄捐《きえん》の令を、失策と断じた。さらに質素倹約を旨《むね》とした施策は、町の者からは受け入れられないと見ていた。

正紀が高岡藩の財政を立て直すためにしてきた数々の施策は、宗睦には支持された。しかし定信が目指してきた政《まつりごと》とは、対立するものだった。

だから正紀は、黙礼を無視されるのは当然だと考えていた。にもかかわらず今日は答礼があった。

「何事だ」

といった気持ちだった。気味が悪い。

そして次に出会ったのは、美濃高須藩《みのたかす》三万石の当主松平義裕《よしひろ》だった。高須藩は尾張徳川家の御連枝《ごれんし》で、一門の中枢にある。正紀は幼《おさな》い頃から、市ヶ谷《いちがや》の尾張藩上屋敷で義裕と顔を合わせていた。

「正紀殿、清三郎殿のお加減はいかがか」

向こうから寄ってきて、案ずる口調で問いかけた。

「どうも、あまりよくないようで」

正直に気持ちを口にした。義裕の気遣《きづか》いに応《こた》えたのである。

正紀には二人の子があり、五歳になる上の孝《こう》姫は活発な子だった。けれども生まれて半年にもならない清三郎は、元気がなかった。生まれて二月《ふたつき》の頃から、体調を崩している。微熱が続き、飲んだ乳を吐いた。

年が明けても回復の様子はなく、かえってよくない状況になっていた。泣く力もない。登城をしていても、今どうなっているかと気になっていた。

清三郎の状況については、一門の主要な者には伝えていた。だからこそ、義裕は案じてくれたのだ。

「さようか。細心の注意を払うがよい。今日にも、強壮の薬を運ばせよう」

そう言い残して歩いて行った。心遣いに感謝した。

さらに次に廊下へ出たときに声をかけてきたのは、兄の睦群《むつむら》だった。七年前の天明五年（一七八五）に父勝起が隠居して、今尾藩の家督を継《つ》いだ。今は尾張徳川家の付家老の役に就いている。

「晴れぬ面持《おもも》ちだな。清三郎の容態《ようだい》が、よくないのだな」

睦群は、正紀の心中を読み取っていた。

「はあ」

「乳は飲むのか」

「それが」

昨日今日は、ほとんど受け付けない。藩医の辻村順庵《つじむらじゅんあん》は付きっきりだった。いつ何があっても、おかしくない。母親の京《きょう》は憔悴《しょうすい》している。

看護は侍女《じじょ》任せにしないで、枕元に付き添う。京まで病に倒れてしまうのではないかと、正紀は案じていた。

今朝は、泣きもしなかった。

「いざとなれば、御家の大事だな」

慎重な口ぶりになって、睦群は言った。武家の嫡男《ちゃくなん》の生死は、御家の大事に繫《つな》がる。捨て置けない問題ではあるが、今の正紀にはそこまでは考えられず、ただ清三郎の快復を願っている。

とはいえ屋敷を出たときから、胸騒ぎがあった。

無役の大名は、登城をしても果たすべき役目はなかった。睦群と別れて伺候席に戻った正紀は、落ち着かぬ気持ちで、ときが過ぎるのを待った。

昼八つ（午後二時頃）の下城の刻限になった。急《せ》く気持ちを抑《おさ》えて、家臣が待つ門外へ出た。家臣たちのもとへは、屋敷から急の知らせは届いていなかった。

一行は、下谷広小路《したやひろこうじ》の高岡藩上屋敷に入った。玄関式台に上がると、江戸家老の佐《さ》名木源三郎《なきげんざぶろう》が姿を見せた。顔が強張《こわば》っていた。

佐名木が己の感情を面《おもて》に出すのは、極めて稀《まれ》なことだった。

「少し前に、清三郎様がご逝去《せいきょ》なされました」

と知らせてきた。

「そうか」

もしやとは思っていた。けれどもそれ以上の言葉は出なかった。

ともあれ清三郎のいる部屋へ急いだ。部屋の隅に、藩医の辻村がいて平伏《へいふく》していた。

清三郎の枕元には京がいて、強張った顔で幼い寝顔を見つめている。正紀はその傍《そば》へ寄った。

清三郎は、もうぴくりとも動かない。顔に手を触れさせると、まだ温《ぬく》もりがあった。

「この子は幼いながら、病と戦ってきた。これで楽になったと考えよう」

「……………」

京は両の手をきつく握って膝《ひざ》の上に乗せている。正紀がその手に己の手を重ねた。

それで京は、洟《はな》を啜った。目から涙が零《こぼ》れ落ちた。

三日後の一月十日に、井上家の菩提寺丸山浄心寺《ぼだいじまるやまじようしんじ》で清三郎の葬儀が行われた。境《けい》内《だい》に、読経《どきよう》の声が響いている。

亡くなった翌日から、京は今朝まで床に臥《ふ》したままの日を過ごした。悲しみと疲れが身に溢《あふ》れて、体を動かすことができなかったのだと察せられた。

けれどもこの日は、きりりとした顔になって式に参列した。

下屋敷に移った京の母親の和《かず》も、式に姿を見せた。先代の正国が亡くなって和は剃《てい》髪《はつ》し、妙蓮院《みようれんいん》と名乗っていた。

娘の京に、何かしきりに声掛けをしていた。

井上一門からは、本家当主で浜松藩主の正甫《まさもと》が江戸家老の浦川文太夫《うらかわぶんだゆう》を伴《ともな》って姿を見せた。井上家のもう一つの分家下妻《しもつま》藩からは、当主の正広《まさひろ》が弔問《ちようもん》の列に加わった。

尾張一門からは、尾張徳川家の使者が、宗睦の名代《みようだい》として訪れてきた。高須藩や加賀《かが》藩前田《まえだ》家などの縁戚の大名家からも、使者が続々と現れた。正紀の実家今尾藩からは、兄の睦群が足を運んできた。

一万石の後嗣の葬儀としては、それなりの面々が顔を見せ、正紀にお悔《く》やみを述べた。大奥の御年寄滝川《おとしよりたきがわ》からは、生花が届けられた。宗睦の仲介で、知り合いになった。

正甫は、年が明けて十五歳になった。浦川が後見役となって藩政に関わってきたが、成長して体も大きくなってきた。

気性は激しいが、怜悧《れいり》な少年だという噂《うわさ》を耳にしていた。

各大名家からの弔問客は、江戸家老や留守居役《るすいやく》、側用人《そばようにん》といった重臣が顔を見せている。正甫や浦川は、尾張一門に対しては一見丁寧《ていねい》だが、うわべだけの挨拶に見えた。

徳川宗睦と松平定信は政敵といっていい関係にあるが、浦川は定信に近い立場を取っていた。定信の懐刀《ふところがたな》といわれている老中松平信明の正室は、浜松藩の出だった。

「無念の限りでございます」

勘定頭《かんじょうがしら》の井尻又十郎《いじりまたじゅうろう》は、日頃算盤《そろばん》勘定しか頭にないと思われたが、悲報を耳にして目に涙を溜《た》めていた。廻漕河岸場《かいそうかしば》奉行の青山太平《あおやまたへい》や他の家臣たちも、哀惜《あいせき》の念で見送りの席に加わった。

井上家に跡取りができたと喜んだが、それから間もない出来事だった。藩士たちの思いは、国許の者たちも同じはずだった。

屋敷に戻った正紀は、清三郎の遺髪を仏壇に上げた。

諸侯からは香典を得たが、葬儀と返礼に使い、残りは借金の返済に充《あ》てることにした。財政逼迫の渦中《かちゅう》にある高岡藩にとって、これは助かった。

「清三郎様からのお恵みでございまする」

井尻が言った。

翌日、朝の打ち合わせのために、佐名木と井尻、青山と近習《きんじゅう》の佐名木源之助《げんのすけ》、植村《うえむら》仁助《にすけ》が正紀の御座所に姿を見せた。清三郎を失った悲しみはあっても、藩政を滞《とどこお》らせるわけにはいかない。

「話の前に、ご思案いただきたきことがあり申す」

井尻の言葉だ。一同が目を向けた。

「何か」

「亀戸《かめいど》の下屋敷に清三郎様のご遺髪を祀《まつ》って、祠《ほこら》を建ててはいかがかと存じまする」

「ううむ」

少しばかり驚いた。幼くして亡くなった清三郎への思いはともかく、吝《しわ》い井尻が、費《つい》えのかかる話を提案してくるとは意外だった。

「早世《そうせい》された和子《わこ》様の御霊《みたま》を、お慰《なぐさ》めいたしたく存じます」

「しかし、そのための費えはどうする」

「屋敷内の古材《こざい》を使いまする。建てるのは、家中の者がなせばよろしいのでは」

営繕《えいぜん》に関しては、手慣れた者もいる。金子はかけないと言っていた。香典を得たことへの感謝もあると付け足した。その考えは井尻らしい。

「ぜひそういたしましょう。それがしも、できることをいたしまする」

耳にした源之助が、まず声を上げた。青山や植村も頷《うなず》いている。

「そうだな。その方《ほう》らが望むならば」

放心したように過ごしている京のためにもなると、正紀は考えた。

「では早速」

源之助が、家中の者たちに声をかけた。瞬《またた》く間に、手すきの家臣が六人集まった。役目がなければ、加わりたいという者がほとんどだった。

屋敷内の使えそうな古材を集めた。下屋敷にも、古材はあるはずだった。早速正紀と手すきの者が出向いた。

「ここがよかろう」

下屋敷の敷地は、五千二百坪ほどあった。裏門に近い、草木の中と決めた。正紀も作業に加わる。

荷車で裏門から材木を運び入れているところで、通りかかった隠居ふうの老人が問いかけてきた。

「お武家様が、何をなさろうというので」

気になったらしい。

「それはな」

源之助が、清三郎が亡くなり、その霊を慰めるために遺髪を祀った祠を建てることにした顚末《てんまつ》を伝えた。

「なるほど、お殿様やご家中の気持ちがこもりますね」

そう言った後で、隠居ふうは自分が亀戸村の百姓代《ひゃくしょうだい》の隠居喜一郎《きいちろう》であると名乗った。そして頭を下げた。

「祠ができましたら、お詣《まい》りをさせていただけますでしょうか」

と告げた。隠居には清三郎と同じくらいの歳の孫がいて、腹に病があるという。他人事《ひとごと》ではない気持ちだったに違いなかった。

「かまわぬ。どれほどの功徳《くどく》を得られるかは分からぬが、それで気持ちが済むならば、いつでも詣《まい》ればよかろう」

正紀は返した。

それから一同で、祠を建立《こんりゅう》した。その中には、廻漕河岸場方の杉尾善兵衛《すぎおぜんべえ》や橋本《はしもと》利之助《りのすけ》も加わっていた。

二

梅の香《か》が、どこからか漂ってきた。風はまだ冷たいが、春は近づいていた。

節分の翌日、一月十三日に清三郎の初七日法要《しょなのかほうよう》が、丸山浄心寺で行われた。弔問客は減ったが、山野辺蔵之助《やまのべくらのすけ》が来てくれた。

「残念なことであった」

焼香《しょうこう》の後でそう言ってくれた。

正紀は幼い頃から、神道無念流《しんとうむねん》の戸賀崎《とがさき》道場で剣術を学んだ。山野辺はそのときの稽古《けいこ》仲間で、幼馴染《おさななじみ》といってよい存在だった。今は親の跡を継いで、北町奉行所高積見廻り与力《たかづみみまわりよりき》の役に就いている。

歳月を経《へ》て生きる世界は変わったが、今でもおれおまえの間柄で付き合っていた。不正には厳しい山野辺だが、一人娘がいて溺愛《できあい》していた。正紀の悲しみが分かっての言葉だと察せられた。

正甫の名代の浦川、尾張藩からは付家老としての睦群、下妻藩からは正広、高須藩からは江戸家老が顔を見せた。縁戚の旗本家の主人や用人も、足を運んできた。葬儀ほどではないが、それなりの人が集まった。

「清三郎殿のご逝去は、思いのほかでござった。次の跡取りを得ねばなりますまい」

「まことに、高岡藩の大事でござる」

「張り切らねばならぬでしょうな」

一同、胸にあることを口にする。すべての者に、無嗣改易《むしかいえき》は避けなくてはならないとの考えがあるからだ。

それは敵対する立場の相手でも、同じ内容の言葉になった。武家にとっては大事なことだから、正紀にしてみれば神妙に頷くしかない。清三郎が生まれたときは、これで高岡藩井上家も安泰《あんたい》だと、藩士だけでなく一門や縁者たちは喜んだ。

しかし誰にも言えないことだが、今は京との間に新たな子をもうけるなどできない話だった。京の心と体が、受け入れられる状態になっていない。

「私の思いが、足りませんでした」

京は清三郎を亡くしたことについて、己を責めていた。食事の量も減って、顔が一回り痩《や》せた。

「そのようなことはない。寿命だ」

正紀が言っても、なかなか受け入れられない。

「側室を得られてはいかがか」

弔問客がいろいろ言う中で、浦川が口にした。大名家や旗本家では、珍しい話とはいえない。御家存続のためには、そのままにはできない問題だ。

浦川は、京の体調がすぐれないことを知っているはずだった。高岡藩内の者から聞くことは容易《たやす》い。

腹が立ったが、正論だからどうしようもなかった。しかし側室を得ることなど、正紀には考えられないことだった。

京は傷つく。存在を否定されたような気持ちになるだろう。

そんな中、孝姫が「せいざ」と弟の名を呼ぶようになった。ここ数日、姿が見えないからだ。今朝も、いくつかの部屋を捜して歩いていた。

可愛がっていたから、急にいなくなって不思議に思うらしい。

「どこ、どこ」

「遠くへ行ったのだ」

と正紀が返す。

「遠く遠く、どこ。いつ帰る」

幼いなりの寂しさがあるらしい。その姿を見て、京は嗚咽《おえつ》を漏らした。

さらに三日後の朝、源之助は植村と共に、正紀に命じられた用で下屋敷へ赴《おもむ》いた。この日は藪入《やぶい》りで、嬉しそうな笑顔の小僧たちが、声高に話をしながら歩く姿をそこここで見かけた。

一日だけ奉公から解放され、小遣いを貰《もら》って父母のいる家へ帰ることができた。一月十六日と七月十六日の、年に二回だけである。小僧たちは、この日が来るのを指折り数えて待っていたに違いない。

下屋敷に着いた源之助と植村は、まず清三郎の祠《ほこら》へ向かった。榊《さかき》は上屋敷を出る前に用意をしていた。

「これを済まさなければ、落ち着きませぬな」

植村の言葉に、源之助は頷いた。

「おお」

祠の前に、亀戸村の喜一郎がいた。もう一人老人を伴っていた。二人は参拝《さんぱい》を済ませたところらしかった。

「腹の具合がよくない孫の様子はどうか」

重い病だと言っていたことを思い出して、源之助は尋ねた。

「それが、あのお詣りをさせていただいた後から、にわかに回復をいたし始めまして」

「ほう。まことか」

「魂消《たまげ》ましてございます。あれから毎日伺《うかが》っていますが、みるみるよくなってゆく様子でして」

それでさらなる回復を願って、お詣りしに来たのだとか。

「何よりのことではないか」

「はい。幼くして亡くなられた和子様の霊が、お守りくださったに違いありません」

源之助の言葉に、喜一郎らは頷いた。

「こちらは隣村の隠居でございまして。孫の具合がこのところよくないというので、連れてまいりました」

「そうか。案じられるところだな」

四歳の孫が風邪《かぜ》を拗《こじ》らせて治らない。喜一郎から話を聞いて、出向いてきたのだ。

「これからも望む折があれば、いつなりとお詣りをするがよい」

清三郎の霊も満足するだろう。正紀は、参拝のために敷地内に入ることを許していた。

「この世に生を享《う》けた意味が、ありまする」

と植村が続けた。

「また来させていただきます」

二人は満足そうな表情で引き上げて行った。

第一章　残した名

一

夕刻、茜色《あかねいろ》の日が通りを照らしている。藪入りで実家へ帰った小僧たちが、重い足取りで奉公先へ戻ってゆく。項垂《うなだ》れて、朝の明るい様子はない。よほど帰るのが嫌なのか、親に引き連れられてゆく者もいた。

親に甘えた一日だったかもしれないし、幼馴染とときを忘れて遊んだのかもしれない。住み込みの奉公先へ帰るのが辛いのだ。当分は親にも会えない。

日本橋上槇町《にほんばしかみまき》の味噌醤油《みそしょうゆ》問屋嘉祢屋《かね》の手代与曾助《てだいよそすけ》は、そうした小僧たちに目をやった。そして自分が小僧だった頃を思い出した。十年以上前、奉公を始めたばかりの頃は、この日が待ち遠しかった。

小僧のいない店は、戸を半分だけ開けて、商《あきな》いはあってないようなものだった。手代も、一日暇《ひま》を取る者は取った。江戸には親兄弟がいない与曾助は、どこへも出なかった。やって来た客の相手をした。

だから給金とは別に、小遣いを貰った。

そして夕暮れどきになって、番頭荘兵衛《そうべえ》の指図で外出を命じられた。三河吉田藩上屋敷の勘定方へ出向き、納品した代金の十一両を受け取るという役目だった。嘉祢屋は、吉田藩の御用を受けていた。

大名家の御用達《ごようたし》となっていれば、商家として箔《はく》がつく。商いがやりやすくなるのは確かだから、いつも気を使っていた。

無理なことでも、告げられれば聞いた。

普通藪入りの日ならば、さっさと店を閉めて、酒を飲みに行ったり安い女郎屋《じょろうや》へ繰り込んだりする。けれどもそれは、お預けになった。

「さっさと、終わらせてしまいたいものだ」

与曾助は呟《つぶや》いた。懐《ふところ》が温かいから、面倒な役目はさっさと終わらせて一杯やりたい。とはいえ命じられれば、やらないわけにはいかなかった。

命じられたのは今朝になってからだった。小僧たちは出た後で、手代も残っている者は少なかった。

十両以上の高額な金子の受け取りは、誰でもというわけにはいかない。命じられたのは、信頼されているからだと受け取った。とはいえ気持ちの中には、後ろめたいものもあった。

疎《うと》まれたり疑われたりするようなことは、避けたかった。

「暗くなる時分だからね。帰りは物騒だから、賄方《まかないかた》の石澤里次郎《いしざわさとじろう》様に送っていただく段取りになっているよ」

「へい」

少しばかり驚いた。出入りの御家のお侍が、商家の手代を店まで送るなど聞いたことがない。それならば明るいうちに受け取りに行けばいいと思ったが、相手にも事情があるのだろうと考えて、わけは尋ねなかった。

吉田藩の上士の中には、主人の卯三郎《うさぶろう》や荘兵衛と親しい者がいることは知っていた。

与曾助も石澤とは馴染《なじ》みだから、嫌なわけではない。石澤は賄方の下役で、納《おさ》める品の受け取りを担当していたので、あれこれと口を利くようになった。端《はた》からは親しそうに見えるはずだった。

世辞《せじ》やおべんちゃらは、息を吐き出すように口にしていた。とはいえ腹の内では、石澤を図々しくて欲深《よくふか》なやつだと思っていた。

「侍なんて、こんなものだろう」

利用してやればいいと考えていた。送ってもらうからといって、恐縮したわけではなかった。荘兵衛から、小遣い銭を受け取るのだと予想した。

十一両を受領した与曾助は、裏門内で待っていた石澤と屋敷を出た。すっかり薄暗くなっている。与曾助は、用意してきた提灯《ちょうちん》に明かりを灯《とも》した。

吉田藩の上屋敷は、西ノ丸下にあった。大名屋敷の並ぶ幅広の道には、すでに人気《ひとけ》がなくなっている。和田倉《わだくら》御門を経《へ》て、呉服《ごふく》橋から町家へ出た。藪入りということもあって、道端の商家はほとんど戸を閉ざしてしまっていた。

人気のなくなった道を歩いていると、背後から聞こえてくる足音に不審を持った。呉服橋を渡る前から、聞こえていた気がした。同じ距離で歩いてくる。

与曾助は、覚えず懐《ふところ》に手を当てた。

「おかしいですね」

「うむ」

石澤も、足音に気づいている様子だった。二人の男の足音だ。つけられていると感じて、足早になった。手にある提灯が揺れた。

後ろの足音も、それに合わせて速くなり、距離を縮めている気配だった。恐怖が全身を襲った。

振り向くと二人の侍だった。

それが駆け寄ってくる。恐怖で、足が動かなくなった。一間《いっけん》（約一・八メートル）ほどの距離になって、侍は刀の鯉口《こいぐち》を切った。

与曾助は必死の思いで、石澤の後ろへ回った。襲ってきた侍は、どちらも顔に布を巻いている。与曾助は手に提灯を持っていたが、顔の識別はできなかった。

「わあっ」

恐怖の声が出た。

二人の侍は、ほぼ同時に刀を抜いた。わずかに遅れて、石澤も刀を抜いた。

「何者だ」

叫んだが、覆面の侍は刀を振りかぶった。一人の侍が、石澤に斬りかかった。刀身がぶつかる音が、あたりに響いた。

石澤は、襲撃を防ごうとしている。与曾助は、この隙《すき》に逃げ出さなくてはならないと思った。

後ろへ逃げようとすると、もう一人の侍が回り込んできた。与曾助に向けて、刃《やいば》を突き出したのである。

「ひいっ」

やっとのことで、一撃を躱《かわ》した。手にあった提灯は、すっ飛んでいる。もう、逃げようにも逃げられない。侍の二の太刀《たち》が襲ってきた。

後ろへ身を引いたが、迫ってくる刀身の動きは速かった。今度は躱すことができず、右の二の腕を斬られた。

このときだ。

「ううっ」

すぐ近くから、呻《うめ》き声が聞こえた。石澤が斬られたのが分かった。

そしてほぼ同時に、下腹に冷たいものが差し込まれたのに気がついた。刺されたのだと分かった。そのまま地べたに倒れた。

このとき、駆け寄ってくる人の足音があった。

「人が襲われているぞ」

襲撃に気がついた近くの者たちが、駆け寄ってくるらしい。自分を刺した侍が、懐《ふところ》に手を入れて金子を奪った。

「橋本、引くぞ」

「はっ」

それは近くからで、はっきり聞こえた。もう一刺ししてくるかと思ったが、それはなかった。二人の侍は、駆け寄ってくる者たちとは反対の方向へ走った。

激痛が、体中を駆け回っている。

「しっかりしろ」

意識がなくなりそうになったところで、体を揺すられた。

「…………」

すぐには声も出ない。

「誰にやられた」

と尋ねられた。

「は、はしもと」

やっとのことで、声を絞《しぼ》り出した。賊の一人が、名を呼んでいた。それが頭に残っていた。それだけを口にしたところで、意識がなくなった。

界隈《かいわい》を町廻り区域にする北町奉行所の定町廻り《じょうまちまわ》同心《どうしん》宇津美弥太兵衛《うつみやたべえ》は、侍と町人が斬られたという知らせを八丁堀《はっちょうぼり》の屋敷で受けた。夜半は面倒だが仕方がない。犯行があった場所へ駆けつけた。

堀端の夜の道には篝火《かがりび》が焚《た》かれていて、町の者らしい何人かの人の姿が見えた。

「お侍は、亡くなっています。肩から袈裟《けさ》にばっさりとやられて、それきりのようです」

先に来ていた中年の土地の岡っ引きが言った。亡くなった侍は、身なりからして浪人者ではなさそうだった。

「町人は腕と腹をやられていますが、虫の息がありました」

戸板に乗せて、近くの医者のところへ運ばせたと伝えられた。妥当な対処だと思われた。

「襲われた者は、こんなものを持っていました」

岡っ引きは、紙片を差し出した。篝火の明かりに照らすと、それは金十一両の支払証だった。日本橋上槙町の味噌醤油問屋嘉祢屋宛《あ》てのもので、発行したのは三河吉田藩上屋敷の勘定方だった。

昨年の納品の支払いだと分かった。早速、嘉祢屋と吉田藩に知らせをやった。

嘉祢屋から駆けつけてきたのは、番頭の荘兵衛だった。三十代後半の歳で、嘉祢屋は町廻り区域内の店だから顔は知っていた。驚き慌《あわ》てた様子だ。

「このお侍様は、吉田藩の賄方、石澤里次郎様でございます」

荘兵衛は告げた。斬られたのは手代の与曾助で、その懐《ふところ》には十一両の金子があったはずだと付け足した。それは奪われたことになる。

事情を聞いているうちに、吉田藩からも侍が来て、石澤の遺体を引き取っていった。

「この者についての調べは、当家で行う。追って沙汰《さた》をいたそう」

そう告げられると、町方《まちかた》としてはどうしようもなかった。

それから宇津美は、医者へ行って与曾助の容態を見た。

「今夜、越せるかどうか」

と医者からは告げられた。荘兵衛は息を呑《の》んでいた。

「ああ、こんなことになってしまって」

十一両も惜しいだろうが、手代の命の行方に気持ちが行っている様子だった。

現場に駆けつけたのは、四人の若い大工職人だった。町の自身番《じしんばん》に待たせていたので、そこで話を聞いた。

「暗かったので、賊の顔は見ておりやせん。布を巻いていたような気がします」

気がついたときには、侍たちは刀を抜いていた。提灯が飛んで燃えたので、そのとき人数が分かったのだとか。

「襲ったのは、侍が二人でした」

はっきりと覚えているわけではないが、侍は二人とも身なりはきちんとしたものだったという。

駆け寄ったときに、襲ったのは「はしもと」だと与曾助が言い残したことを伝えてきた。

「ううむ」

橋本という名字は、珍しいものではない。

「知り合いなのか」

「さあ」

荘兵衛は首を捻《ひね》った。橋本という名字の侍は吉田藩士にいるが、他には思いつかないと続けた。

岡っ引きに目撃者を捜させたが、周辺の者で襲撃の場を見たと告げる者はいなかった。すでに夜も更《ふ》けていた。

二

翌朝、宇津美は与曾助がいる医者のもとへ行った。危篤《きとく》なので、嘉祢屋へは移せない。そのままにしておいた。嘉祢屋の意向でもあった。

意識が戻るならば、ぜひにも話を聞かなくてはならない。

「具合はどうか」

「どうもそれが」

初老の医者は、苦々しい表情で答えた。宇津美は病間を覗いた。

亡くなりはしないが、目覚める気配はなかった。痛みがあるのか、ときおり顔を歪《ゆが》めさせた。膚《はだ》は青白く、薄っすらと脂汗《あぶらあせ》をかいていた。

「深くは刺されていません。ただ出血がだいぶありました」

医者は告げた。このまま亡くなっても、おかしくはないという話だ。

それから宇津美は、吉田藩上屋敷へ行った。昨夜石澤の遺体を引き取った際に、「追って沙汰をする」と告げられていたが、それでは充分な調べができない。沙汰がいつになるか分からないが、待っているだけではときが過ぎてしまう。

下手《したて》に出て、訊《き》けることは伺いたいと願い出たのである。

だいぶ待たされてから、賄方の藩士が現れた。宇津美はまず、こちらで調べて分かったことについて伝えた。藩士はそれから、こちらの問いかけに答えた。

「先月納められた分の払いを、昨日いたした」

年末ではなく、月ごとに払うという約定《やくじょう》だった。嘉祢屋の手代が来ることは分かっていたが、石澤が送って行ったことについては知らなかったと返した。

「では、石澤殿の一存でついて行ったことになりますな」

「そうなるであろう」

「なぜでございましょう」

「一杯、奢《おご》らせるつもりだったのではないか」

どこか嘲笑《あざわら》うような口ぶりになった。

「与曾助が言い残した橋本という名について、覚えはございませぬか」

「当家に、その名の藩士はいる。しかしその者は、昨夕からはずっと屋敷内におった」

与曾助が十一両を持って帰ることを知っていた者は数人いた。しかし襲える刻限に屋敷から出た者は一人もいないと告げられた。藩士はとりあえず話に応じたが、協力的とはいえなかった。

藩士の一人が用心棒のような真似《まね》をして殺されたことは、藩にとっては公《おおやけ》にしたくない様子だった。

「石澤については、こちらで調べる。これ以上の詮索《せんさく》は無用」

と告げられた。さっさと帰れといった口ぶりだ。

力を合わせたいところだが、これではどうにもならない。勝手な言い分だと思うが、相手の当主は老中だった。町奉行でさえ手出しができない相手だ。

宇津美はそれから、上槙町の嘉祢屋へ足を向けた。主人の卯三郎と番頭の荘兵衛に会って話を聞いた。昨夜荘兵衛から大まかな話は聞いたが、聞き漏らしたこともあった。

「とんでもないことになりました」

「まことに。与曾助には、何とか命を取り留めてほしいと存じます」

卯三郎と荘兵衛は、十一両の金子についてではなく、まずそれを口にした。

「奪われた金子についても、たいへんであろう」

と宇津美の方から切り出した。犯行は、金子目当てであるのは明らかだ。

「はい。商いに響きます」

卯三郎が返した。とはいっても、切羽詰《せっぱつ》まったという印象ではなかった。さすがに大名家の御用を受ける大店《おおだな》だ。

「昨日、与曾助が十一両を受け取りに出たことを知っている者は」

「店にいた手代は、皆知っています。昼前には伝えていました。店にいた他の手代たちは、聞いていたと思います」

小僧たちは藪入りで店にいなかった。

「他にはどうだ」

「今は店にはいなくても、前に奉公していた者ならば、今頃に吉田藩から支払いを受けることを知っているかと思います」

以前からのことだからだ。この数年で辞《や》めた者の名を、二人聞いた。

その二人の店を出てからの行方については、卯三郎も荘兵衛も知らなかった。博奕《ばくち》に手を出し悶着《もんちゃく》を起こした者と、店の金子を着服した者である。

「どうなろうと、知ったことではありません」

まずは昨日、店にいた手代に確かめた。支払いの受け取りについては耳にしたが、珍しいことではないので誰にも話さなかったと答えた。

そこでさらに店を出された者について、仲間だった手代に訊いてみた。

「金子をごまかしたやつは、ここを出たきり何をしているか噂も聞きません。でも博奕で辞めた方は、両国広小路《りょうごくひろこうじ》界隈で地廻《じまわ》りの子分になっていると聞きました」

他の店の手代が、顔を見かけたそうな。二十五歳になる戌吉《いぬきち》という者だ。

宇津美は、早速両国広小路へ足を向けた。両国橋の西橋袂《にしはしだもと》の広場で、ここは朝から日暮れ過ぎまで、屋台店などで賑わっている。人の出入りも多く、江戸有数の盛り場の一つといってよかった。

屋台店だけでなく、見世物小屋などもできている。大道芸人が、口上の声を上げていた。

見世物小屋付近にいた地廻りふうに、宇津美は声をかけた。戌吉の居場所を尋ねたのである。

「それならば、あいつですよ」

指差された男のもとへ、宇津美は行った。

「へえ、嘉祢屋の金子が奪われたんですかい。そりゃあいい気味だ」

戌吉は、襲撃の件を知らなかったようだ。大怪我《おおけが》をしている与曾助のことは別にして、嘉祢屋の被害については面白がった。辞めさせられた店だからだろう。

「吉田藩からの支払いの件については、存じていたな」

「そういえば、今頃でしたね」

言われてみて思い出したという顔だった。

「誰にも、話しちゃあおりやせんぜ」

慌てて付け足した。疑われていると受け取ったようだ。

「昨日の夕刻から後、どこにいた」

「あそこの居酒屋にいました。なあ」

指差した先には、居酒屋があった。傍《そば》にいた仲間らしい者たちも頷いた。浪人者との関わりならばあるだろうが、主持《しゅうも》ちの侍とは繋がりようのない男だった。

念のために居酒屋へ行って確かめたが、店の女中は戌吉が来ていたことを覚えていた。

戌吉は容疑から除外してよさそうだ。とはいえ与曾助が金子を受け取りに出ることを知る者は、他にもそれなりにいると考えた。土地の岡っ引きには、これからも引き続き、目撃者を当たらせる。

源之助は植村と共に亀戸の高岡藩下屋敷へやって来た。古材木《こざいもく》を使って清三郎祠《せいざぶろうし》の鳥居を拵《こしら》えるためだ。祠《ほこら》だけではもの寂しい。鳥居も拵えようという話になった。

下屋敷には、使えそうな古材木があることは分かっていた。

廻漕河岸場方の杉尾や橋本は、高岡河岸の利用を促《うなが》すために利根川水運を使う商家を探すべく町へ出ていた。藩財政を立て直すには、高岡河岸の活性化が欠かせないという考えからだ。

「それがしらも参りたいですが」

杉尾も橋本も残念がった。

柱になる材木の長さを整え、鉋《かんな》で削る。

作業をしている途中で、祠を拝《おが》ませてほしいと告げる者が現れた。三十歳前後の、百姓の夫婦だった。近隣の者らしい。

「何か、事情があるのか」

「三歳になる倅《せがれ》が、この数日、高い熱で寝込んでおります」

快癒《かいゆ》祈願のお詣《まい》りをしたいとの願いだった。亀戸村の隠居喜一郎から話を聞いたのだとか。

「それは案じられるな」

「はい。喜一郎様のお孫さんは、すっかりよくなったようです」

「何よりのことだ」

「他にもこちらへお詣りをして、よくなったという話がございます」

「なるほど。しかしな、必ず快癒するとは限らぬぞ」

源之助は一応そう答えた。

「はい。それでかまいません」

藁《わら》にも縋《すが》る気持ちか。それで気が済むのなら、断るいわれはない。正紀も認めていた。

祠の前に賽銭《さいせん》を置いて、夫婦は長い合掌《がっしょう》をしてから引き上げて行った。満足そうな面持ちだった。

「詣りたいと告げる者は、他にもあるのだな」

植村が、門番の中間に尋ねた。

「今日になって二組目となります」

そう言われてみると、源之助らがやって来たときには、祠にはすでに賽銭が供《そな》えられていた。話をしている間にも、新たな参拝の者が現れた。

仕事の邪魔かと思ったのか引き上げようとした。

「かまわぬ。お詣りをするがよい」

源之助が声をかけた。

一刻半（約三時間）ほどかかって、鳥居が出来上がった。先代正国が亡くなって、こちらへ移った妙蓮院にも見てもらった。

「立派な鳥居ができましたな」

素人《しろうと》が建てたものだが、妙蓮院は満足そうな眼差しを向けて言った。

祠は鳥居もできて、すっかりそれらしくなった。ついでに小さな賽銭箱も拵《こしら》えて、前に置いた。

三

二日後、正紀は江戸家老の佐名木と共に、虎御門《とらごもん》内にある遠江浜松藩六万石井上家の上屋敷に赴《おもむ》いた。曇天で、冷たい風が吹いていた。

春とは名ばかりの陽気といっていい。

井上一門三家は月に一度、当主と江戸家老が本家浜松藩の上屋敷に集まった。各藩の動向の報告と、本家からの様々な連絡や指図を受けるためである。どこかの家に問題が起これば助言をし、力を貸した。

勝手なことをするなよと、釘を刺されることもあった。

正紀は清三郎の逝去に伴う葬儀、初七日法要に関する弔問の礼を述べた。跡取りを亡くしたことは大きい。

「家中の悲しみは、すぐには癒《い》えぬでござろう」

下妻藩の正広が、気遣いの言葉をかけてよこした。

「次を考えなくてはなりませぬな」

と口にしたのは浦川だった。正甫が頷いている。こうなる流れは分かっていたから、正紀は出向くことに気が進まなかった。

「京様のご様子は」

正広は、案ずる口調だった。正甫や浦川よりも、好意的な物言いをする。

「どうも冴《さ》えぬようで」

「当然でござりましょう。されど気持ちは、いずれ晴れましょう」

「そうではあるが、手をこまねいているわけにはまいるまい」

浦川の言葉に返したのは、正甫だった。どこか迫る口調になっていた。御家大事ということらしいが、その発言に正紀はわずかばかり驚いた。

正甫は家督こそ継いでいるが、将軍家への拝謁を済ましていなかった。したがって官位もないし登城もない立場だった。そこでこれまでは、浦川が後見役として藩政を動かしていた。

しかし年が明けて、正甫も十五歳になった。幼いというのとはやや違う歳となった。その歳で登城している大名や旗本は、少なからずいる。

浦川の言葉を鵜呑《うの》みにするのではなく、己の意思でものを言う気配となった。お飾りの若殿ではなくなりつつある。

ただその意思というのが、浦川に近いと感じたのである。

正甫の今の発言には、正広とは違って、悲しみに暮れる京への配慮がない。

「さよう。考えなくてはなりませぬ」

浦川が続けた。

「ううむ」

言いたいことは、透《す》けて見えた。

「ご側室を持たれては」

これも、浦川あたりから言われると予想していた。しかし正紀には、京以外の女子《おなご》は考えられない。とはいえ大名家ならば、取り立てて珍しい話とはいえなかった。当然の考え方だ。

「しかしな、井上家の血筋ではないことになる」

正紀は返した。正紀も先代の正国も尾張一門の出だ。しかし京の母妙蓮院は、先々代の正森《まさもり》の娘である。

京は井上家の血を引いている。正紀はそれを伝えたつもりだった。

「いや、井上家の縁筋の者を得ればよい。それならば、問題はないのでは」

正甫の言葉だ。言わされているのではなく、己の意思で言っているように感じた。間違ってはいないが、選んでくるのは浦川ということになりそうだ。厄介《やっかい》な話だ。

「しかし京様のお気持ちもござる。じきに晴れてくるのでは」

佐名木が助け船を出した。正紀にとって佐名木は、頼りになる存在だ。

「そうであってほしいが」

「先のことは、分かりませぬ。あらゆる手を打っておかねば」

正甫の言葉に、浦川が続けた。

「しかしな」

側室については、何を言われても考えるつもりはなかった。

「京殿も、御家のためとなれば、ご納得なさるのでは」

これを言ったのは正甫で、それには魂消《たまげ》た。話の中身もだが、そういうことを十五歳の正甫が口にするのかという点についても予想をしないものだった。浦川と、あらかじめ話をしていたのか。

「………」

正紀は考えた。側室については、正甫の言う通り、話せば京は反対をしないだろう。それどころか勧めてくるかもしれない。御家を守るという視点でだ。

けれどもこの件は、正紀の気持ちとして断じて受け入れられないものだった。

「無理ならば、他の手もありますぞ」

浦川が言った。仕方がないというよりも、切り出す機会を待っていたようにも感じられた。正紀が側室の話など受け入れるわけがないと踏んでのことだ。

「孝姫様に、ご縁談がござる」

「ほう」

これにはもっと驚いた。五歳の孝姫に縁談など考えもしなかった。しかし大名家の娘であれば、取り立てて珍しいことではない。

「相手は嫡男ではないので、婿として入ってもらえばよろしゅうござる」

「なるほど。それならば、井上の血筋は残るな。して、相手はどこか」

正甫が促《うなが》した。初めて耳にしたような言い方だが、すでに打ち合わせていたのかもしれない。正紀にしてみればわざとらしいと思うが、口には出さない。

「お相手は遠江掛川《かけがわ》藩五万石二代藩主太田資愛《おおたすけよし》様の四男、洋之進《ようのしん》様でございます」

歳は十歳だと付け足した。太田家は次兄の資順《すけのぶ》が嫡子《ちゃくし》となっている。

「それは良縁ではないか」

正甫は、感嘆《かんたん》するように言った。資愛は京都所司代《きょうとしょしだい》で、来年にも松平定信や松平信明らの推挙で、老中職に就こうかという人物である。

とはいえ、名門だが筋金入《すじがねい》りの定信派だ。

正紀と佐名木は、顔を見合わせた。正甫と浦川は、これを勧めたかったのだと察せられた。

頷くことはできない。とりあえず話を聞いた、という形にした。それでようやく、他の話題になった。

会談を済ませた後、馴染みの浜松藩士に佐名木が尋ねた。親正紀派の者だ。

「そういえば数日前に、掛川藩の側用人雉原猪右衛門《きじはらいえもん》なる者が浦川様を訪ねてきていたような」

聞いた佐名木は、雉原とは会ったことがあると言った。

「なかなかの策士だと、噂で聞きました」

「ならば孝姫の縁談は、浦川と雉原の企《たくら》みだな」

「そうかもしれません」

佐名木が答えた。受け入れられない話だった。また同じ日には、吉田藩側用人の西《に》垣六郎兵衛《しがきろくろうべえ》も姿を見せていたそうな。吉田藩については、浜松藩との関係は深いから、西垣が姿を見せるのは珍しいことではなかった。ただ気分としてはよくない。

四

同心の宇津美は、石澤および与曾助の襲撃について調べを続けていた。朝から曇天で冷たい風が吹いているから、町ゆく人は足早に歩いて行く。

これまで周辺を隈《くま》なく当たってきたが、襲撃の場を目撃したのは、気づいて駆け寄った四人の大工職人だけだった。二人の侍が駆け抜ける姿を見た者はいたが、顔までは分からない。暗くて、顔に布を巻いていたかどうかも分からない。果たして襲った者なのか、断定もできない。

手掛かりが得られないままに、四日目になってしまった。

刺された与曾助は、昨日意識を取り戻しかけたが、再び眠りに就いた。話を聞くことができないままにいる。吉田藩からも何も言ってこなかった。

とはいえ意識を取り戻しかけたのなら、回復しそうな気配を感じる。期待はした。犯行は懐《ふところ》の十一両を狙ってのものだと見ているから、昨日からは、それを知っている者を当たった。

改めて手代と小僧に訊いたが、話してはいないという返答だった。話したと告げれば叱《しか》られると考えて、嘘《うそ》をついているかもしれない。ただそうなると、確かめようがない。

また嘉祢屋は、五軒の大名と旗本の御家に出入りしていたので、それぞれに橋本という名の家臣はいないか尋ねた。旗本家の用人で一人いたが、吉田藩からの支払いについては知ることもないと思われた。

万策尽きたと考えたところで気がついた。

「与曾助が、誰かに話してはいないか」

ありそうな気がした。とはいえ、意識のない本人には訊けない。そこで宇津美は、嘉祢屋へ入って、番頭の荘兵衛に問いかけた。

「吉田藩へ金を受け取りに行くように命じたのはいつか」

「藪入りの小僧たちが、店を出て行った後でございます」

奉公人の命が危ういところにまで追いやられ、しかも十一両を奪われた。大きな損害だ。早く捕らえてほしいと告げられていた。探索には力を貸した。与曾助の容態を案じる発言もしていた。

「その日の、与曾助の動きを話してほしい」

荘兵衛は終日店にいた。とはいえ与曾助を見張っていたわけではない。

「店で、見えたお客様の相手をしていました」

藪入りだから、店は開けていても通常のような仕事はない。急ぎの用や軽めの仕事をしていた。

「相手をした客は、どのような」

そこで話をしているかもしれない。さすがに額までは言わなくても、聞いた方はそれなりの金子だと考えるかもしれなかった。

「お武家様一組と、後は小売りのお馴染みさんでした」

ここまで言ったところで、荘兵衛ははっとした顔になった。

「どうした」

「すっかり忘れていましたが、お武家のお客様に、あの日与曾助は支払いを受けるという話をしていました」

「ほう」

「どのような経緯でか」

「さあ。それは存じませんが、吉田藩という言葉は耳に入りました」

大事な話をうっかりしていたと慌て、恐縮した様子で何度も頭を下げた。

「なるほど。他にも聞いた者がいるのか」

「さあ。私はそのとき、たまたま近くにいました」

「ではその武家の客は、夕刻に出かけることを知ったことになるな。額のことまで、話したであろうか」

「それはないかと存じます。店の者でない客に、金子の額について話すなど、何があってもありません」

胸を張って言った。厳しく言い聞かせているのだとか。

「しかしな、大名家からの支払いを受け取るとなれば、少ない額とは思わぬであろう」

しかも吉田藩だと話している。七万石の大藩だ。味噌醤油とはいっても、それなりの額になるだろう。

「まあ、それは」

荘兵衛は肩を落とした。

「それで、いったいその武家の客は誰なのか。出入りの御家か」

胸の高鳴りを抑えながら、宇津美は問いかけた。

「違いますが、ここのところ十日に一度くらいの割で見えています」

「何のためにか」

御用を承《うけたまわ》りたいという話ならば、こちらから出向くのではないかと考えた。

「私どもでは、醬油は銚子《ちょうし》から、味噌類は霞《かすみ》ヶ浦《うら》周辺の村から、地廻り問屋を経《へ》て仕入れています」

荷の輸送は、利根川水運を使うのだと説明した。

「お見えになるのは、途中の下総高岡藩の家中の方です。輸送の中継地として高岡河岸を使わないかという話でございました」

霞ヶ浦からの荷を、そこで積み替えて関宿《せきやど》へ運ぶ。その方が荷船の数も多いので、河岸場《かしば》の使用料を払っても安く済むと勧められていた。

試算をしてみると、確かに安く済むと分かった。検討してもよいということになっていた。

そしてここで、荘兵衛は顔を青ざめさせた。ぶるっと背筋を震わせた。

「どうした」

「その、お見えになるお二人のうち、お一人は橋本様とおっしゃいました」

高岡藩廻漕河岸場方の杉尾善兵衛と橋本利之助なる者だそうな。

「そ、そうか」

声が上ずったのが、自分でも分かった。思いがけない展開になった。

「二人が出入りするようになったのは、いつ頃からか」

「昨年の秋の終わり頃からかと存じますが」

「これだ」

という気持ちになっているが、それだけでは何の証拠にもならない。襲撃したのが大名家の家臣となると、調べるのも厄介だ。とはいえ、調べないわけにはいかない。

とりあえずこの件については、荘兵衛には口外しないよう伝えて宇津美は店を出た。

五

翌朝、目を覚ました正紀は隣にいるはずの京の姿がないので、急いで起き上がった。

空は薄明るくなり始めていて、庭に靄《もや》がかかっていた。

今日は晴れそうだが、朝の風は冷たかった。

「おお」

　縁先に寝間着姿のままの京が立っていた。肩に手をやると、体が冷えている。正紀は部屋から打掛《うちかけ》を持って出て、肩にかけてやった。

「どうした」

「昨年の今頃には、私のお腹に清三郎殿が宿《やど》っていたのでしょうか」

　問いかけにも、独り言のようにも聞こえた。亡くなった赤子のことが頭にあって、風の冷たい縁先に立ったのに違いない。

「京はまだ、己を責めている」

　と正紀は感じた。清三郎は生まれて二月《ふたつき》ほどから様子がおかしくなった。微熱が続き、飲んだ乳を吐くようになった。藩医の辻村順庵に診《み》てもらって、いったんはよくなったが、またぶり返した。

　姉の孝姫のような、元気さはなかった。不調を繰り返すうちに、弱っていっていると感じた。

「もしや」

　と思うようになってから、京は明らかに怯《おび》えを抱えるようになった。京は孝姫を産む前に、子を孕《はら》んだことがある。親族や藩士たちは喜んだが、流産となった。

それからは以前のような、物事に対する自信と気の強さといったものが薄れてきた。京は二つ歳上で、祝言《しゅうげん》を挙げた直後は、鼻っ柱の強い上からの物言いをするので腹が立った。それが今では懐《なつ》かしい。

「私には、もう子ができぬやもしれませぬ」

消え入りそうな声だった。

「そのようなことはない。孝姫は、すくすくと育っているではないか」

達者な姿を目にするのは救いになる。京はしばらく何も言わず庭を見ていたが、何かを考えているらしかった。そして口を開いた。

「側室を、お持ちなさいませ。元気なややが、授《さず》かりましょう」

「馬鹿なことを申すな」

驚いた正紀は、思わず叱った。そのようなことを口にするのは、高岡藩の跡取りということを考えるからに他ならない。藩士も一族も待ち望んでいるから、そういう気持ちになるのは分からないわけではなかった。とはいえ受け入れられるものではないから、つい強い言い方になってしまった。

正紀は京のことが愛《いと》おしくなって、打掛の上から無言で肩を抱きしめた。京は何も言わず、じっとしていた。

己を責めるために、京は寒風《かんぷう》の中、縁先に立ったのか。

正紀は、昨日の浜松藩上屋敷で交わした正甫や浦川との会話を思い出した。その件については、京には話していなかった。


この日の夕方、正紀は伯父の宗睦から呼び出しを受けて、市ヶ谷の尾張藩上屋敷へ赴いた。直々《じきじき》に呼び出されるのは、めったにあることではなかった。

馬を走らせた。

呼ばれたのではあったが、それでも正紀は半刻《はんとき》（約一時間）ほど待たされた。訪問客が多い宗睦は、いつも多忙だった。

対面の場には、兄の睦群もいた。正紀はまず、清三郎の葬儀を無事に終えたことと、香典を頂戴《ちょうだい》した礼を述べた。この金子は、藩にとってはありがたかった。一部は借金の返済に充てた。

「定信と信明は、高岡藩を潰そうとしたができなかった」

顔を合わせた宗睦は、まずそれを口にした。企《たくら》んだ国替えや御手伝普請が、うまくいかなかったことを指している。

「ははっ」

とはいえ、立ち直りかかった藩財政は元の木阿弥《もくあみ》となった。

「あやつらは、また新たな企みをしておる。浜松藩を巻き込んでな」

宗睦は地獄耳だ。御三家筆頭という立場だから、あらゆる情報が入ってくる。大奥御年寄の滝川とも近い。

正紀は、すぐに察した。

「孝姫の縁談でございますね」

「そうだ。相手は掛川藩でな。いつ話を聞いた」

「昨日でございます」

井上一門の集まりでだと付け足した。

「なるほど、動きが早いな」

宗睦はため息を吐《つ》いた。

「我ら一門に、楔《くさび》を打とうという腹だ。性懲《しょうこ》りもないやつらだ」

「高岡藩を尾張一門から剝《は》がせぬならば、中に入ろうというわけだな」

睦群が続けた。正甫と浦川はこの話を進めて、定信や信明につこうとしている。信明と浜松藩には、姻戚《いんせき》関係がある。

信明の正室暉《てる》は、正甫の叔母《おば》に当たる。この姻戚関係は大事にされた。正甫はもちろん浦川も、信明の意見を無視できない。

宗睦は、定信の政《まつりごと》が長く続くとは考えていない。囲米や棄捐の令があり、さらに家斉《いえなり》との間には尊号《そんごう》の一件がくすぶっていた。

朝廷と江戸幕府との間に、閑院宮典仁親王《かんいんのみやすけひとしんのう》への尊号贈与に関する紛議《ふんぎ》事件が発生した。ときを同じくして将軍家斉は、実父の一橋治済《ひとつばしはるさだ》に対して「大御所《おおごしょ》」の尊号を贈ろうとしていたが、定信は朝廷に対して尊号を拒否している手前、将軍に対しても同様に尊号の使用を拒否した。

家斉はそれが面白くない。関係がこじれていた。

「定信の後釜に就くのは信明だ。定信は切れ者だったが、民の心が分からない。しかし信明は違う。また将軍家との間も、うまくやっている」

「そのようでございますね」

「しかしあやつは、定信に近い政《まつりごと》を行う。それはわしらとは考えが合わない」

宗睦は、きっぱりと言った。

「尾張一門の結束を、今のうちに削《そ》いでおこうというわけですね」

「そういうことだ。本腰を入れているぞ」

宗睦が頷いてから続ける。

「掛川藩の太田資愛《すけよし》も、なかなかのやり手だ。信明と極めて近い。老中になられると、定信が引いても面倒だ」

「気をつけろ。資愛殿の手足となって動く者の一人に、側用人の雉原猪右衛門がいる。含んでおけ」

睦群が言った。

「ははっ」

浜松藩上屋敷での話を、正紀は軽く聞き流していた。しかし宗睦の話を聞いて、根が深いことを悟った。

六

正紀の供をして尾張藩上屋敷から帰った源之助と植村は、門番の中間から声をかけられた。気になることがあったらしい。

「何か」

源之助が応じた。

「今日の昼過ぎですが、定町廻り同心が門前に現れました」

「何か言ってきたのか」

「そうではありません。ただ、何か屋敷を探るような」

「ただ通り過ぎたわけではない、というのだな」

「そうです」

町方の定町廻り同心が大名屋敷を探るのは、確かにおかしな話だった。初めてといっていい。

「一度通り過ぎて、また現れました。しばらく立ち止まって、長屋門をじろじろと見ていました」

「一度いなくなっても、また姿を見せたわけだな。なるほど、不審ではあるな」

源之助と植村は顔を見合わせた。

「しかし、何かをしたわけではないのだな」

「はい。私が道に出ると、立ち去っていきました」

町方に探られるようなことは、藩邸内には何もない。外で何かがあったとの話も聞いていなかった。

「気のせいではないか」

「そうかもしれませんが」

一応、聞き置いたということにした。とはいえ、源之助にしても植村にしても、気に留めたわけではなかった。誰にも伝えなかった。

翌日、植村の妻女喜世《さいじょきよ》は、京の使いで下屋敷の妙蓮院に文《ふみ》を届けに出向いた。両国橋を東へ渡って、本所《ほんじょ》の武家地を大横川《おおよこがわ》方面へ向けて歩いて行く。どこからか、梅の香《か》が漂ってきた。昨日までとは打って変わって、春の訪れを感じさせるような穏やかな日和《ひより》だった。

喜世は昨秋、植村と祝言を挙げた。直参《じきさん》で家禄二百俵の大御番与力《おおごばんよりき》の家に生まれて一度嫁《とつ》ぎ、子までなしたが家風に合わないということで身一つで家を出された。鬱屈《うっくつ》した日々を過ごした時期があったが、その後知り合った植村と心を繋げて祝言を挙げた。

出産直後の京とも相性がよくて、清三郎の世話もこまめにした。京からの信頼は厚く、今ではすっかり高岡藩井上家中の一員となった。

今朝、わずかに胸のむかつきがあったが、酷《ひど》い状態ではない。京の頼みだから、喜んで引き受けた。体調にわずかな不安もあったが、そのまま歩いた。途中むかつきがぶり返すことがあったが、歩いているとじきに治った。

下屋敷に着くと、清三郎祠《せいざぶろうし》へお詣《まい》りに来たらしい老婆とすれ違った。それなりの農家の者らしく、身なりはきちんとしていた。喜世には、丁寧に頭を下げた。

祠《ほこら》にお詣りに来る近隣の者がいることは聞いていた。清三郎の霊が、近隣の人たちの心を鎮《しず》めるならば、せめてものことだと思った。

「よく来てくれました」

妙蓮院は京の文を待っていたらしいが、それを届けに来たのが喜世だったことを喜んだ。出産後の京の、支えになったことが分かっているからだ。嫁ぐ前までの、喜世の境遇についても知っている。

「お変わりなく、お過ごしでございましょうか」

「まあ。地内《じない》に、清三郎の祠ができた。あの子が傍《そば》にいて、見守ってくれている。そんな気持ちになりました」

「何よりでございます」

二間続きのもう一つの部屋には、硯《すずり》と筆、それに何枚かの水墨画が並べられている。妙蓮院は、若い頃から狩野《かのう》派の絵を嗜《たしな》んでいた。なかなかの目利きだとも聞いている。

下屋敷に移って、自らも筆をとることが楽しみだと、前に訪ねてきたときには話していた。

「お筆は、すらすらと動いておりましょうや」

「まずまずですね」

少しばかりそんな話をしてから、妙蓮院は京からの文を手にして封を切った。

「京は、だいぶめげているようだが」

文を読んだ妙蓮院は、案じ顔でそう言った。文は、妙蓮院が先に出したものへの返事だった。

「何か、書いてありましたでしょうか」

喜世も気になった。

「いや、見事に何もない。だからこそ気になる」

妙蓮院も、清三郎が早世したことを悲しんでいた。だから我が子を亡くした京の気持ちも痛いほど分かるらしかった。

「お慰めしたいのですが」

なかなか難しいと感じている。喜世の気持ちも重くなる。

「ただまだ、亡くなって一月《ひとつき》にもなっていない。いずれ気持ちも晴れる日が来るでしょう」

妙蓮院は己に言い聞かせるように言った。さらに続けた。

「私は朝と夕に、清三郎の祠へ行って手を合わせています」

清三郎の霊を慰めたいという願いだろう。

「喜んでおられると存じます」

そのための祠だ。喜世も、お詣りさせてほしいと頼んだ。

「ぜひ、そうしてくだされ」

そして喜世は、妙蓮院に案内されて祠のある場所へ行った。するとそこには、四人の百姓らしい者が、参拝に来ていた。先ほどすれ違った老婆に引き続いてのことだ。

「これはこれは、妙蓮院様」

四人のうちで身なりのいい老人が、頭を下げた。他の者たちも、それに倣《なら》った。亀戸村の百姓代の隠居喜一郎だと、妙蓮院は喜世に紹介した。

喜一郎は、ほぼ毎日のように詣っているとか。そして近隣の村の者も連れてくる。

「うちの娘の熱が、下がりませんで」

二十代半ばの女房が、案じ顔で言った。訊くと他の者たちも、同じような屈託《くったく》を抱えていた。

「早くよくなればよいですね。わらわも、手を合わせましょう」

妙蓮院が返した。

「他にも、来たいという者があります」

「来させればよいではないか」

喜一郎の言葉に、妙蓮院は大きく頷いた。

「ああやって、ご利益《りやく》があると耳にした人たちがやって来る。早世した霊が、幼子《おさなご》を守ろうとするのであろうか」

四人が引き取った後で、妙蓮院が言った。

「ならば、ありがたいことでございます」

喜世も、救われる思いになった。祠への参拝を済ませたところで、喜世はまたしても胸のむかつきを感じた。これまでよりも強くて、しゃがんでしまいそうになった。

「どこか晴れぬのか」

と問われた。妙蓮院は案じる顔で、喜世の背中に手を触れさせた。

「大丈夫でございます」

「そうではあるまい。部屋へ戻ろう」

部屋へ入るとすぐに、侍女に白湯《さゆ》を運ばせた。

飲み終えると、気持ちも体もだいぶ楽になった。そこで喜世は、近頃の体調のことを話した。すると案じ顔だった妙蓮院の表情が明るくなった。

「そなたのお腹に、ややができたのではないか」

聞いた喜世は、どきりとした。そうではないかと感じていたからだ。かつて男児を産んでいるから、そのときのことが蘇《よみがえ》った。

「ならばめでたい」

妙蓮院の言葉が、耳に響いた。

七

一昨日《おととい》、北町奉行所の宇津美は、町廻りを終えた後で、下谷広小路の高岡藩上屋敷へ足を向けていた。廻漕河岸場方の橋本と杉尾を探るためにである。とはいっても町方の定町廻り同心が、大名家の家臣を容易《たやす》く取り調べることはできない。

町方には絶大な権力があっても、武家に対しては非力だ。

顔も分からない相手だが、探り出して直《じか》に問いかけたとしても、警戒させるだけだと考えた。怪しくはあっても、高岡藩士と決まったわけではなかった。

見張っているうちに何人か藩士が出てきたが、橋本についての問いかけはできずに終わった。見張っているだけでは、どうにもならない。門番が、こちらを不審に思い始めた気配を感じた。

「ならばどうするか」

やはり目撃者を捜すしかないと考えた。襲撃があった場所の近隣の住民は、表店《おもてだな》の者だけでなく裏店《うらだな》の者にもすでに当たっていた。

「見た」

と告げる者はいなかった。

・

そして今朝、宇津美は与曾助が亡くなったことを伝えられた。嘉祢屋から、手代の一人が伝えに来た。

「そうか」

意識が戻ることを願ったが、叶《かな》わなかった。もう聞き取りはできない。ある程度の覚悟はしていたが、いざそうなると失望は大きかった。

遺体は嘉祢屋に引き取られたというので、線香くらいはあげてやろうと出向いた。

常ならば使用人は入れない奥の間に遺体が安置され、花が供《そな》えられ、香炉《こうろ》には線香が立てられていた。紫煙《しえん》が上がっている。

宇津美は焼香を済ませると、部屋を変えて番頭の荘兵衛と話をした。

「その後、お調べは」

当然のように問われた。高岡藩のことは、すでに話している。武家への調べが厳しいことを伝えた。

「ならば襲われた場所の近くに住まう人だけではなく、通りかかりそうな方を当たってはいかがでございましょう」

言われてみれば、もっともだと思った。

そこで宇津美は、襲われた現場近くの商家へ行って、夕刻通りかかりそうな振り売りについて尋ねることにした。日によって多少の刻限の違いはあっても、決まった者が通るのではないか。気がついていたら話をさせる。

それで駄目ならば、通行人を当たる腹だった。

「そうですね。青物屋と浅蜊《あさり》売り、それに豆腐屋といったところでしょうか」

足袋《たび》屋の手代が言った。どこに住まう者かは分からない。毎日多くの人が通り過ぎる。それらについては、ほとんど記憶にないと告げられた。

さらに何人かに訊いて、いつも通る青物屋の住まいが分かった。早速行って、四十歳前後の親仁《おやじ》に問いかけた。裏通りで、女房と小店《こだな》を商っていた。

「へえ。あの日、あのあたりへ行きました」

「賊らしい者は、見なかったのか」

「気がつきませんでした」

浅蜊売りも捜して、問いかけた。

「そういえば、駆けて行った二人のお侍がいたような」

当然、顔などは分からない。向かって行ったのは、鍛冶《かじ》橋の方向だ。刀など抜いていないし、顔に布も巻かれていなかった。

三人目、五十代後半の豆腐売りの親仁は朋作《ともさく》といった。店は日本橋南鞘《みなみさや》町の裏通りだった。

「覚えています。あの刻限、駆けてきた二人の侍とぶつかりそうになりました。刀は抜いていませんでしたが、何だか怖い感じでした」

侍たちには、人を斬った興奮がまだ残っていたのだろう。

「どのあたりだ」

「鍛冶橋の袂《たもと》から、呉服橋の方へ歩き始めて、少ししてからです」

走ってきた方向からして、賊だと察せられた。腹の奥が熱くなった。

「顔を見たか」

「はい。すぐ近くでしたので」

ちょうど提灯に火をつけたところだったとか。

「顔に布は巻いていなかったか」

「巻いておりませんでした」

いつまでも布を巻いていたら、かえって怪しまれる。走りながら、剝ぎ取ったのだろう。

「では、今見ても分かるな」

「分かると思いますが」

そこで面通しをさせることにした。とはいっても、大名家の藩士を呼び出すわけにはいかない。どうするか考えた。

翌日、宇津美は暗いうちから朋作を呼び出し、高岡藩上屋敷のやや離れたところから見張ることにした。門番に怪しまれては、できることもできなくなる。

そこから、出入りする藩士の顔を見させるのである。

「本当に、あのお侍がいるのでしょうか」

朋作は、どこか怯えた様子で問いかけてきた。いざとなって、不安になったのだろう。

「その方《ほう》は、覚えている顔を伝えればそれでよい。困ることにはならぬ」

ときが過ぎてゆく。門も潜《くぐ》り戸《ど》も、なかなか開かない。

五つ（午前八時頃）前くらいになって、ようやく潜り戸が開かれた。朋作は、体を強張らせた。けれども出てきたのは、中間一人だった。

それから少しして、また潜り戸が開かれた。出てきた二人連れの侍を見て、朋作は言った。

「あのお侍たちです。間違いありません」

自信のありそうな声だった。

「そうか」

これで決まりだと、宇津美は考えた。


北町奉行所高積見廻り与力の山野辺蔵之助は、役目の異なる定町廻り同心の仕事にはいちいち関心を持っていなかった。宇津美とは毎日のように顔を合わせていたが、受け持っている探索についての詳細は知らなかった。

ただこの日は、宇津美が取り組んでいる探索が大名家に関わるものだと他の同心から聞かされた。その藩の名を聞いて、仰天《ぎょうてん》した。

高岡藩士が、吉田藩士と商家の手代を襲い金子を奪ったという話だからだ。十一両が奪われ、二人が亡くなっている。とんでもない事件だった。

「吉田藩は黙ってはいないぞ」

当主が信明というのが厄介だった。下手《へた》をすれば、高岡藩の大事になる。しかも「橋本」という名が挙がっている。橋本のことは、よく知っていた。

この件は橋本らが怪しいというだけで、まだ断定はできていない。ただ北町奉行所が、解明に力を入れるのは確かだった。吉田藩にも、早晩伝えられる。正紀はすでにこのことに気づいているのか。

「何であれ、急ぎ知らせねばならねえぞ」

山野辺は他の仕事を差し置いて、高岡藩上屋敷へ向かった。

第二章　接待の客

一

　夕刻、正紀は山野辺が訪ねてきたことを伝えられた。一日の仕事が済んで、一息ついたところだった。

「何事か」

　清三郎の初七日に会ったばかりだから、少しばかり驚いた。覚えはないが、それ以降によほどの何かがあったのだと察せられた。

「まずいぞ」

　御座所で向かい合うと、挨拶もそこそこに山野辺が切り出した言葉がこれだった。

「うむ」

腹を据《す》えて、正紀は次の言葉を待った。

「去る一月十六日の暮れ六つ頃（午後六時頃）のことだ。日本橋上槙町の味噌醤油問屋嘉祢《かね》屋の手代与曾助と三河吉田藩士の石澤里次郎なる者が、二人組の侍に襲われ十一両を奪われた」

吉田藩と告げられて正紀の頭に浮かぶのは、当主信明の顔だ。嫌な予感があった。

「金子を奪われただけでなく、石澤と与曾助は命を失った」

「それで北町奉行所が、探索に当たったわけだな」

吉田藩士が商家の手代と一緒にいた理由についてはまだ不明だが、吉田藩は黙っていないだろうと推量できた。とはいえ、ここまでは他人事《ひとごと》として聞いていた。

「そこで襲った侍だが」

「十一両を狙った者だな。浪人者か」

「そうではない。捕り方は大名家の家臣だと見ている」

「ほう」

「与曾助は斬られた直後、はしもと、という名を挙げたそうな」

「何だと」

一呼吸するほどの間を置いてから、正紀は真剣な眼差しの山野辺を見返した。言わんとすることが、おぼろげに見えた。

「まさか」

声が掠《かす》れた。

「おれもまさかだとは思うが、当たった同心宇津美弥太兵衛は、高岡藩の杉尾善兵衛と橋本利之助を怪しいと見ている」

宇津美は、いい加減な調べをする者ではないと付け足した。

「橋本という名は、珍しくはないぞ」

「そうだが、まだある」

「どのような」

山野辺は、挙げていく。まずは襲撃の日、与曾助は、店にやって来た杉尾と橋本に、吉田藩から年明けに支払われる代金を受け取る話をしていた。当然杉尾と橋本は、与曾助の顔を知っている。

「それだけでは、襲った証拠にはなるまい」

「もちろんだ。一番大きいのは、襲撃のあった場所の方向から走ってきた侍二人の顔を、見たと告げる振り売りの豆腐屋朋作がいた」

「杉尾と橋本だったというのか」

まさかとは思ったが、言ってみた。

「宇津美は、この屋敷前で朋作に面通しをさせた」

「二人に間違いないと、豆腐屋は申したのだな」

「そうだ」

「ううむ」

断定はできないにしても、犯行の条件は調《ととの》っている。十一両という金高《きんだか》は、動機になる。

「杉尾と橋本がそのようなことをするとは考えられぬ」

返答のしようがない。とりあえず、それだけ口にした。

「それはそうだ。しかしな、状況からすれば誰もが怪しいと見る」

納得のゆく、山野辺の言葉だった。まずは確かめなくてはならない。屋敷に戻っていた杉尾と橋本を御座所へ呼んだ。

なぜ急に呼ばれたのかと不審顔の二人に、正紀は問いかけた。

「その方《ほう》ら、一月十六日に日本橋上槙町の味噌醤油問屋嘉祢屋を訪ねたか」

「訪ねました。味噌醤油の利根川輸送の折に、高岡河岸を使ってほしいと前から当たっておりました」

躊躇《ためら》う様子もなく杉尾が答えた。秋の終わりあたりからだという。それだと、宇津美が聞いた話と重なる。

「では、手代の与曾助や番頭の荘兵衛を存じているな」

「はい。使ってもらえそうな成り行きでしたので、店には通いました。だいぶ馴染《なじ》んできました」

「数日したら、再度出向くつもりでした。いよいよ話がまとまりそうですので」

杉尾の言葉に、橋本が続けた。与曾助が襲われ十一両が奪われたことは、知らない様子だ。

当然の役目を果たしているといった口ぶりだ。

やましさを感じている様子は、微塵《みじん》もない。

「ではその日の夕刻、与曾助が吉田藩へ支払いを受けに行くことを聞いていたか」

「そういえば、そのような話をしていたかもしれません」

気にも留めなかったといった顔で、杉尾が答えた。思い出すのに、多少間があった。

「しかし吉田藩がどうこうとは、はっきりいたしませぬ」

首を捻《ひね》りながら考えた後で、橋本が付け足した。二人とも、藩名については曖昧《あいまい》らしかった。

関心もないので、聞き流していたということだ。

「手代が支払いを受けるために出向くことは、珍しい話ではございませぬ」

「与曾助だが、吉田藩での支払いを受けた帰り、警護についた吉田藩士の石澤里次郎なる者と共に襲われ命を失った」

「ええっ」

杉尾と橋本は、声を上げた。そこで山野辺が、伝えに来るに至った詳細を話した。

襲ったのが二人の侍であることは明らかで、遺《のこ》した最後の言葉についても触れた。

「では与曾助は、刺された直後に駆けつけた大工職人に、それがしの名を告げたというわけでございますね」

橋本の口ぶりの中には驚きと不満、怒りがこもっていた。

「そうなる。最期の言葉だからな、嘘はつくまいという話でござる」

山野辺が答えた。

「しかしおかしな話でございます。それがしらは、その場には行ってはおりませぬ」

「暮れ六つには、屋敷へ戻っておりました」

橋本の言葉に、杉尾が続けた。

呉服橋近くにいたら、その刻限には下谷広小路の屋敷へ戻ることはできない。戻ったときには、廻漕河岸場奉行の青山太平に報告をしていた。

青山も呼んで、確認をした。

「確かに、戻っておりました」

話を聞いた青山は、顔に怒りを浮かべた。

「しかしな、青山も、顔を見たと証言した豆腐屋の親仁は他人だ」

「さよう。吉田藩では、藩士が殺されてござる。そのままにはできぬことゆえ、そこを突いてくるでござろう」

正紀の言葉に、山野辺が応じた。当然のことを口にしていた。

「何者かが、嵌《は》めようとしているのでございます」

悔し気な声で橋本が言い、杉尾が頷いた。吉田藩がどう出てくるかは分からないが、こちらとしてもこのまま捨て置くわけにはいかない。

「町奉行所も、相応の調べをいたすでござろう」

山野辺が言った。被害に遭《あ》ったのが、信明の家臣である吉田藩士なのは厄介だった。

二

喜世は下屋敷に出向いた翌日、高岡藩出入りの産婆のもとへ足を向けた。藩では跡取りの清三郎が亡くなって悲しみに沈んでいるときに、浮かれるわけにはいかないという気持ちがあった。

家中の者に子ができることは、慶事として捉《とら》えられる。ただ継嗣《けいし》が亡くなって、四十九日法要も済まないうちだった。いかにも間が悪い気がした。

迷ったが、京には伝えられなかった。下屋敷から戻って報告をしたとき、清三郎祠に参拝する者がいたことは伝えたが、自身のことについては触れなかった。妙蓮院の暮らしぶりについて話した。

とはいえ、はっきりさせなくてはならない。喜世にとっては、腹に宿ったかけがえのない命となる。

誰にも言わないが、生き別れた男児のことを忘れてはいなかった。辛《つら》い思いをした。だからこそ、新たな子が腹に宿っているならば、何としても我が手で育て上げたいと考えているのである。

「三月《みつき》だね、無事に育っているよ」

話を聞き、腹をあれこれさすった上で産婆はそう言って笑顔を見せた。喜ばしいが、どうしようかと思った。

その日の夜、夫の植村に話した。

「そうか、赤子ができるか」

嬉しそうな顔で、腹を撫でてくれた。さも愛おしそうな手の動きが、喜びを大きくした。しかし胸の奥にある不安が、消えたわけではなかった。

「お殿様や奥方様は、喜んでくださるでしょうか」

「もちろんだ」

なぜそういうことを言うのかと驚く様子を見せたが、すぐに気づいたらしかった。喜びの表情が、硬いものになった。

「そうだな。話をするのは、もう少し後にしようか」

植村にも困惑はあるようだ。様子を見ることにした。

翌日、昼下がりになって、喜世は京に呼ばれた。いつもならば嬉しいが、今日は顔を合わせることにわずかながら躊躇《ためら》いがあった。

「お座りなされ」

部屋へ入ると、どこかよそよそしい気がした。向かい合って、腰を下ろした。

「少し前に、妙蓮院様から文が届きました」

それを聞いて、喜世はどきりとした。よそよそしいと感じた理由が、分かったからだ。答えられずにいると、京の方が口を開いた。

「そなた、お腹にややができたというではないか。確かめたのか」

「はい、確かめました。三月《みつき》だそうで」

ここまできたら、隠すわけにはいかない。産婆に診てもらった内容を伝えた。

「なぜ、すぐに言わなかった。めでたい話ではないか」

報告をしなかったことを、責めていると思った。

「まだ、はっきりしてはおりませんでしたので」

「しかし昨日には、分かったのであろう」

京が気に入らないのは、それだと察した。

「申し訳ありません」

喜世は頭を下げた。己が、京の思いに背《そむ》いたような気がした。

「そなたにとっては、大きな喜びであったのではないか」

「はい」

「水臭《みずくさ》い。わらわは共に、喜びたかった」

喜世の口からではなく、妙蓮院から知らされた。それが面白くないのだ。共に喜びたいという思いにも応《こた》えられなかった。返事ができずにいると、京が続けた。

「わらわに、気遣いをしたのか」

「…………」

京がよそよそしかった理由は、すぐに伝えなかったからだと受け取ったが、そうではなかった。喜びごとでありながら、気遣いをされたことに腹を立てたのだ。いや、傷ついたのかもしれない。

「浅慮《せんりょ》でございました」

喜世は詫《わ》びた。心の臓が、音を立てている。痛む心をさらに傷つけたのならば、本意ではなかった。

「分かればよい」

京の言葉は、意外にもあっさりしていた。口元には笑みが浮かんでいる。

「ありがたいお言葉」

救われた気がした。胸にあるもやもやを、呑み込んでくれたのだ。

「気丈な人だ」

喜世は胸の内で呟いた。

「久々に、嬉しいことです」

祝ってくれていた。自身の喜びにしていると感じた。京は、晒三反《さらしさんたん》を寄こした。

「使うがよかろう」

赤子には、いくらあってもよい品だった。喜世は、京の気持ちを受け取った。

「つわりは重いのか」

体を気遣ってくれた。

「まだ、それほどではございません」

腹の子の話ができるのは、嬉しかった。

三

山野辺から話を聞いた翌朝、正紀は御座所で、佐名木とこれからのことについて打ち合わせをした。嘉祢屋の手代と共に斬殺された石澤里次郎については、まだ吉田藩からも大目付からも、何かを言ってくることはなかった。

高岡藩士に疑いがかかっていることについて、伝えられているかどうかは不明だ。とはいえ、何もしないで待っているわけにはいかない。今のうちに、できる手立てを講じておかなくてはならなかった。

そこで主だった家臣を呼んだ。まず植村が源之助と共に顔を見せた。

「その方《ほう》、喜世の腹にややができたというではないか」

正紀は、植村の顔を見るとすぐに言った。昨夜、京から聞いたのである。昨日は分かっていながら、植村はすぐには伝えてこなかった。そのわけは京から聞いたが、面白くはなかった。

「いらぬ斟酌《しんしやく》だ」

と決めつけた。

「ははっ」

植村は恐縮した様子で低頭《ていとう》した。何か言い訳をしようとしたらしいが、それを呑み込んだ。潔《いさぎよ》くないと考えたのだろう。

「しかしめでたい。その方も父親になるわけだな」

「ははっ」

「高岡藩中に人が増えるのは、喜ばしいことだ」

「まことに」

正紀の言葉に、佐名木が続けた。

「ははっ」

「同じ返事ばかりいたすな」

正紀が叱ると、源之助が笑った。井尻と青山、それに杉尾と橋本が姿を見せた。まず喜世の懐妊《かいにん》が伝えられた。

「何よりのことでござる」

「まことに。父に似て大きな子に育つであろう」

井尻と青山が言った。杉尾と橋本も、笑みを浮かべている。祝福された植村は、照れくさそうに顔を赤らめた。高岡藩での久々の朗報だ。できればこういう話題を、誰もがしたいのだ。

次に下屋敷の清三郎《せいざぶろう》祠《し》へ参拝する者が毎日のように現れるという報告を、井尻がした。

「微々たる額ですが、賽銭《さいせん》も入っておりまする」

井尻は、何よりもこれが嬉しいらしい。賽銭箱を置いたのは上策だったと付け足した。

「お詣りをする者には、幼い命を愛おしむ気持ちがあるのでございましょう」

植村が言った。そこまでは、明るい話題だった。

それから正紀が、吉田藩の賄方《まかないかた》石澤里次郎と嘉祢屋の手代与曾助が襲われた一件を伝えた。北町奉行所定町廻り同心宇津美弥太兵衛が調べた詳細も、山野辺の口から伝えられている。杉尾と橋本が、下手人《げしゅにん》として疑われていることにも触れた。

「何者かが、仕組んだに違いない」

「いかにも。うまく仕組んだように見えまする」

源之助の言葉に、植村が続けた。忌々《いまいま》しさが口ぶりにある。

「その日、嘉祢屋へ出かけることは伝えていたのであろうか」

井尻の問いかけだ。

「はい。その前に行った折に、出向くことは伝えておりました」

杉尾が答えた。高岡河岸に置かれる品についてや、立ち寄る荷船の種類について、詳しく知りたいと告げられていた。番頭の荘兵衛からだ。そして対応したのは与曾助だった。

「それまでも、詳細を話していたのではないのか」

「話しておりましたが、手代の与曾助にも教えておいてほしいということでした」

取引を始めるならば、不審はない問いかけだ。

「他に、何か話してはいなかったか」

「はい、霞ヶ浦の地廻り問屋から仕入れる味噌の量が、増えるという話でございました」

「なるほど」

それらしい理由にはなっていた。高岡河岸の利用を進めようとしていると感じる。

「この件に、吉田藩が絡むのが厄介だな」

「まさしく。嘉祢屋は、吉田藩の御用達《ごようたし》ですからな」

佐名木の言葉に、青山が返した。

「承知で、話を進めたのか」

井尻が、杉尾に問いかけた。不満気な気配があった。

「大店ですから、それなりの量になります。銚子や霞ヶ浦から品を仕入れていると聞きまして、いけると思い飛び込みました」

杉尾が神妙な顔で答え、言葉を続ける。

「初めは断られましたが、それで引くつもりはありませんでした。何度か足を運ぶうちに話を聞くようになり、使い勝手がよいと感じたようです」

「吉田藩の御用を承《うけたまわ》っていることは、やり取りをしている中で気づきました。とはいえどこの御用を承っていようと、高岡河岸が使われるのならばそれでよいと」

杉尾に続いて橋本が話した。どちらの口調にも後悔の響きがあった。とはいえ、責める筋合いのものではなかった。

二人は精いっぱい、役目を果たそうとしていたのである。

「すると嘉祢屋の者たちは、その日、当家の二人が店に行くことを知っていたわけですね」

源之助が念を押した。

「そうなりまする。あらかじめ伝えておりました」

藪入りだから、客の出入りは少ない。話を聞くにはちょうどよいとの考えだ。

「嵌《は》めようとしたならば、その日を狙ったことになります」

そこで植村も口を出した。

「与曾助は、本当に吉田藩から支払いを受けるという話をしたのか」

「そこが今一つ」

井尻の問いかけに杉尾が返した。「吉田藩」というところは、杉尾も橋本も曖昧《あいまい》だ

「うむ」

った。

「なるほど。与曾助本人に確かめることはできないわけだからな」

勝手に話したことにした、という見方だ。

「となると、番頭の荘兵衛が都合のいい証言をしたことになります」

源之助が、青山の言葉に続けた。高岡藩を陥《おとしい》れる企《たくら》みがあるとして、荘兵衛の言葉は重要だ。

「しかしな、得心《とくしん》がいかぬことがある」

正紀が言った。話を聞いたときから、引っかかっていたことだ。

「いかにも。嘉祢屋でも奉公人の命と、十一両の金子が奪われている。よほどのことでござる」

佐名木が続けた。正紀も、それを告げたかった。

「吉田藩にしても動きは見えぬが、藩士一人を斬り殺されて、黙ってはおらぬだろう」

相手が高岡藩ならば、徹底して手を下した者を捜し出すはずだ。そして難癖をつけてくるに違いない。

先日、正紀は宗睦から呼び出されて、尾張藩上屋敷に出向いた。吉田藩絡みで企みがあると告げられた。

「掛川藩の四男との縁談と繋がるのでしょうか」

源之助の疑問だ。孝姫の縁談については公《おおやけ》にはしていないが、主だった者には知らせていた。

「それはまだ分からぬが、このままにはできぬ」

「真相を探り出さねばなりませぬな」

正紀の言葉に、佐名木が応じた。企みがあることを踏まえれば、この件について、相手は必ず何かの動きをする。急がなくてはならなかった。

四

正紀は源之助と植村を伴《ともな》って、日本橋上槙町へ足を向けた。珍しく正紀でなくてはならない用はなかったので、留守は佐名木に任せた。

杉尾と橋本は顔を知られているので、斬られた石澤について調べさせる。

正紀ら三人は、まず店の様子を窺《うかが》って卯三郎と荘兵衛の顔を確かめた。

「どちらも、抜け目のなさそうな顔をしていますね」

源之助が言った。

「悪事を、企《たくら》みそうなやつらです」

植村は決めつけた。二人とも腹を立てているから、ひと際悪相に見えるのだろう。

正紀も、同じような気持ちだった。悪意を持って、高岡藩に歯向かってくる者だ。

それから木戸番《きどばん》小屋の初老の番人に、嘉祢屋について尋ねた。

「あそこは、五代も続く、味噌醤油問屋の老舗《しにせ》です」

初代は霞ヶ浦に近い村の豪農の次男坊だったとか。

「ならば、味噌とか醤油には縁のあった家だな」

「そうかもしれません」

四十一歳の卯三郎は若い頃からやり手で、親から引き継いだ商いを繁盛《はんじょう》させているると番人は話した。三十七歳の荘兵衛は子飼いの奉公人で、卯三郎の片腕と目《もく》されているそうな。

「月行事《がちぎょうじ》も務《つと》めております。町のいろいろについては、よくやっていたんじゃないですかね」

町の者の評判は悪くないらしい。

「でも、こちらの方が」

番人の親仁は、小指を立てた。卯三郎は、どこかで女を囲っているらしいが、妾《しょう》宅《たく》がどこにあるかは知らなかった。

荘兵衛は酒を飲むらしいが、毎日ではない。行きつけの店があるとも聞かない。

「酒よりも、商いの方が面白いんじゃないですかね」

女房もいない。裏通りのしもた屋で、女中の婆さんを使っている。腰は低いが、一度言い出すと引かないところがあると付け足した。

「与曾助はどうか」

「殺されるとはねえ。物騒なことですよ」

驚いている。ただの物盗《もの と》りの仕業《し わざ》だと受け取っているらしかった。親仁は、小僧のときから知っていると言った。

「外で酒を飲んだりはしていなかったか」

飲んだ折に、何か喋《しゃべ》っているかもしれない。

「酒は好きなようでしたが、はめを外したという話は聞きませんね」

破落戸《ごろつき》といった者と付き合っている様子もない。ただ武家も相手にする商売だから、顔馴染みの侍はいるかもしれなかった。

与曾助が行きつけの、酒を飲ませる店を尋ねた。

さらに他にも、並びにある海産物問屋などの手代や荷運び人足《にんそく》、荷船の船頭にも問いかけた。おおむね同じような返答だった。

そこで次は、与曾助が行きつけだという煮売り酒屋へ行った。

「殺される数日前にも来ましたよ」

煮売り酒屋の女房は言った。いつも煮しめを肴《さかな》に、三合から四合の酒を飲んでいった。最後に来たときも、いつもと異なる点はなかった。

もう一軒、名の挙がった居酒屋へも行った。

「殺される、前の日に来ていました」

「変わった様子はなかったか」

「そういえば近頃、羽振りがよくなったような」

この二月《ふたつき》ほどだという。機嫌がよくて、飲み仲間に自分の酒を注いでやっていた。

「それまでは、していなかったわけだな」

「そうですね。吝《しわ》い方です」

二月《ふたつき》前に、何があったかは分からない。

それから正紀ら三人は、上槙町から離れて鍛冶橋に近い五郎兵衛《ごろべえ》町へ行った。ここに商売敵《しょうばいがたき》といっていい、大店の味噌醤油問屋がある。見ている間にも客の出入りがあって、活発な商いをしている様子だった。

源之助は、店の前にいた手代に問いかけた。

「嘉祢屋さんは、旦那さんも番頭さんも、意気込んで商いに当たっているようですけどね。無茶もあるようですよ」

商売敵だからか、歯に衣着《きぬ》せぬ言い方をしていた。

「そうか。顧客を取ったりするのか」

「まあ、それは商いですからそれなりのことは、どこでもしますが」

強引なことをすると言いたいらしい。

「いくつかの大名家や旗本家の御用達になっているようだな」

「ええ。前からのものもありますし、当代になってからのものもあります」

「当代になってからは、どこか」

「吉田藩ですよ。その話を聞いたときには、魂消《たまげ》ました」

苦々し気な口ぶりだった。気に入らないのだろう。

「ずいぶんと大きなところだな」

源之助は、わざと驚いてみせた。

「かなり無理をしたようですが」

「どのような無理か」

「さあ。同業の間での噂です」

「接待とか、無茶を聞くとか、そういうことだな」

「どうでしょうか」

否定はしなかった。噂だから、確証はないのかもしれない。

「商いの幅を広げようとしているらしいが」

「まあ、そうしたいのでしょうがね。思い通りにはいかないのでは」

「商売敵も、力を入れているわけだな」

「ぼやぼやしていたら、大名家の御用達を取られてしまうかもしれません」

そうなると、店の信用に関わる。

「よくあることなのか」

「商いは、食うか食われるかといったところがございます」

「なるほど」

納得はゆく。

「吉田藩に限らず、旗本家の一つだって、受けられるならばありがたいんじゃあないですかね」

「いいえ、うちは穏やかなものでございます」

と笑ってみせた。嘉祢屋では、手代が殺された。そのことは知っていて、商い絡みではないかと思っているらしかった。

嘉祢屋から仕入れている小売りを知らないかと尋ねると、一軒だけ教えてくれた。三十間堀《さんじつけんぼり》東河岸の松村《まつむら》町の店だという。

正紀らは早速向かった。源之助が主人に声をかけた。

「ええ。親の代から、嘉祢屋さんから仕入れをしています」

中年の主人は言った。与曾助が襲われたのには驚いたと付け足した。

「えらい目に遭いました。でもねえ、あの人、何だかこの頃、商いに身が入らないような気がしていました」

「何かあったのか」

「知りませんけど、調子がいいところもありました」

ここまでの印象では、与曾助はまじめ一方の手代ではなかったらしい。

「主人や番頭はどうか」

「お大名家やお旗本家の御用達になっていることを鼻にかけているところがあります

ね。でもちゃんとした品を、まずまずの値で卸《おろ》していましたからね。うちでは不満はありませんでした」

「商いの量を増やしていると聞いたが」

「そうしたいのでしょうけどねえ。その気配は、まったくありませんよ」

物心ついたときには、嘉祢屋から仕入れをしていた。店の様子を見ていれば、勢いがあるかないかは分かる。変わったことがあれば、すぐに見当がつくと付け足した。

「そうか」

番頭の荘兵衛は、商いが広がっているから、高岡河岸を使おうと考えていると話していた。辻褄《つじつま》が合わない。

五

橋本は、杉尾と共に西ノ丸下の吉田藩上屋敷へ足を向けた。表門ではなく、裏門近くで人の出入りを見張る。

藩士に問《と》いかけても、まともな返答は得られないと考えているから、出入りの商人《あきんど》を捉まえようという考えだ。石澤は賄方《まかないかた》だから、食べ物に関わる商人が出入りするはずだった。そこから話を聞く腹だ。

西ノ丸下には、老中をはじめとする幕閣の重鎮たちの壮大な屋敷が並んでいる。堀端の広場には、登城してきた大名の家臣たちが、主《あるじ》の下城を待つ姿があった。

陽だまりにいれば暖かい。寒風《かんぷう》の中では辛いが、今日の天候ならば待つのは楽だろう。

見張る場所を少しずつ変えながら、吉田藩邸の裏門に目をやっていた。

朝から見張っていて、侍や中間の出入りはあったが、商人の出入りは昼を過ぎてもなかった。動きのない裏門の潜り戸を睨《にら》んでいると、焦《あせ》りが湧《わ》いてきた。

「これだけの大所帯だ。食べ物を買い入れないわけがない」

己に言い聞かせて待つ。斬られた与曾助の口から、自分の名が出たという。橋本にしてみれば、初めから穏やかではない気持ちだった。

嵌《は》められたのには違いないが、怒りだけでなく己の落ち度のような気もしていた。己に隙があるから、こうなったのだ。

「ふざけやがって」

杉尾が呟《つぶや》いたのが聞こえた。同じように、腹を立てているのだと分かった。

じっとしているのも辛くなった頃、荷車に野菜を満載にした小僧と手代がやって来た。手代は、二十代半ばくらいの歳か。潜り戸を叩き、青物屋の二人は、中へ入っていった。

「よし」

橋本は杉尾と目を見合わせた。じりじりしながら、出てくるのを待った。

中に入ってから四半刻《しはんとき》（約三十分）ほどした頃、二人と空になった荷車が姿を見せた。見張っていた橋本らは、これをつけた。

歩く途中で声をかけるつもりはなかった。まずはどこの店か確かめる。

戻った先は、水菓子屋の並ぶ神田須田《かんだすだ》町にある岩下《いわした》屋という青物屋だった。間口が六間《ろっけん》（約十・八メートル）あって、大店といっていい店構えである。大根や蓮根《れんこん》、小《こ》松菜《まつな》や蕗《ふき》の薹《とう》、慈姑《くわい》といった品が並んでいた。

威勢のよいやり取りの声が聞こえる。戻った手代は番頭に報告をした。そして店先の商いに加わった。

橋本はそこで、手代に声をかけた。つけてきたことには、気づかない様子だった。

「この店は、吉田藩御用達の店だな」

「さようで」

見慣れぬ侍に、怪訝《けげん》な目を向けて答えた。

「賄方の石澤里次郎なる御仁《ごじん》を、存じておろう」

「はい、先日お亡くなりになった方でございますね」

そのための問いかけだと察したらしかった。商いに関わる問いかけではないと分かって、ほっとした気配もあった。

「いかにも、残念なことであった」

橋本は同情する口調で言った。

「話を聞いて、驚きました」

「石澤殿は、どのようなお役であったのか」

「お賄勘定役《まかないかんじようやく》でございました」

買い入れた品の、支払いをする役だとか。買い入れ先を割り振る役目や、受け取った品を検《あらた》めることもしたと言い足した。

「では、商人側からすれば、無下《むげ》にはできないな」

「まあ」

賄役《まかないやく》は、頭《かしら》であっても高い身分とはいえない。出入りの商人に対しては力があっても、吉田藩では下級藩士となるはずだ。

「あの日、石澤殿は与曾助の警護役をしていたと聞いたが、そのようなことはよくあるのか」

「ありません。私どもがお支払いをいただいたならば、それ以上の関わりはないかと」

後は、商人の問題だとなる。奪われようがどうしようが、関わることはない。

「ならば石澤殿は、己の意思で警護に当たったわけだな」

「そうなるかと存じます」

「では与曾助とは、あるいは嘉祢屋とは、よほど親しかったのであろうか」

「しかとは存じませんが、そういうことがあったのならば、よほど近い間柄だったかと存じます」

当たり障《さわ》りのない返事だった。

「その方《ほう》は、石澤殿とはどうだったたか」

関わらずには済まない相手だったはずである。

「何とも、いつもはにこりともなさらない方で、困ったことはありました」

仏頂面《ぶっちょうづら》ということらしい。

「他の商人とは」

「同じようなものかと」

　吉田藩の賄方に出入りしている、他の商家を教えてもらった。一つは豆腐屋で、目新しいことは聞けなかった。額も小さいので、まともに相手にもされていなかったようだ。

　次は霊岸島《れいがんじま》の下《くだ》り酒問屋《さかどんや》だ。なかなかの大店だった。薦被《こもかぶ》りの酒樽《さかだる》が、店の中に積まれている。ここでも橋本が手代に問いかけた。

「石澤様には、いつもお世話になりました」

　気持ちよく、相手をしてもらったという。青物屋の手代とは、反応が異なった。

「石澤殿は、酒好きであったようだな」

　橋本は鎌を掛けてみた。

「そのようで」

「では、酒を贈るなどしたのか」

「いえいえ、そのようなことはいたしません。ただご試飲はしていただきました。酒については、お考えがあるようでした」

「なるほど」

　上物《じょうもの》の下り酒を、味見として飲ませたということだ。

「だいぶ酔うこともあったであろうな」

酒好きにとっては役得だ。それが三度、四度となれば、強面《こわもて》の侍でも物分かりがよくなるだろう。

「まあ、そういうことも」

酒問屋の手代には気持ちよく相手をした理由が分かった。ということは、与曾助もしくは嘉祢屋との間にも、何かがあったとしてもおかしくはなかった。

六

翌日も、正紀は源之助と植村を伴《ともな》って調べを続けた。町を歩いていると、どこからか梅の香《か》が漂ってくる。

日陰を吹き抜ける風はまだ冷たいが、春の訪れを感じるこの頃だった。

嘉祢屋の番頭荘兵衛の証言は、この度の事件を振り返ると大きな意味を持っている。犯行の日に与曾助が支払金を受け取るにあたって、その内容について杉尾と橋本に漏らしていたという点だ。

亡くなった与曾助からは、訊くことができない。

その内容は、こちらには不利なものだった。しかも杉尾や橋本は、そのやり取りを曖昧《あいまい》ながらも記憶に残していた。

二人は、正直に答えている。

「商いを広げると話していましたが、そうでもなさそうです」

源之助がため息を吐《つ》いた。それらしいことを告げた小売りの主人がいた。新たに高岡河岸を使うどころではないという話だ。

「杉尾殿らを引き寄せるための手立てではないでしょうか」

植村が返した。

「うむ。となるとあやつ、企《たくら》みの片棒を担《かつ》いでいることになる」

正紀の言葉に、源之助と植村が頷いた。とはいえ荘兵衛については、大雑把《おおざっぱ》に聞いてはいたが、その動きについては、詳しい調べをしていなかった。

「企みに関わっているならば、犯行のあった日の前後に、必ず何か動きをしているな」

何者かの指図を受けているならば、なおさらだ。その人物とも会っているだろう。

「はい。そこを当たりましょう」

主人の卯三郎についても同様だ。三人は、上槙町へ向かった。嘉祢屋の近所で、今月になってからの卯三郎や荘兵衛の動きについて、源之助が町の者に問いかけた。

まずは並びにある海産物問屋の手代からだ。

「商いですからね、どちらも出かけることはありますよ。片方が出ているときは、片方が留守番といった形ではないですかね」

夕方から二人で出かけることもたまにあるとか。

「どのようなときか」

源之助が、問いかけを続けていく。

「それは、大事なお客をもてなすときでしょうね」

ただ今年になってからは、新たな上客は見かけないとか。武家の客はやって来るが、それはいくつかの大名家や旗本家に出入りをしているからだと、海産物問屋の手代は受け取っていた。石澤もその中にいるはずだ。

卯三郎は町の旦那衆の一人として月行事《がちぎょうじ》などもやるが、面倒見はよくないと口にする裏店住まいの者もいた。

「あの人は、お金持ちには愛想《あいそう》がいいんですよ」

五人目に問いかけたのは、乾物屋の女房だった。

「今月の十日あたりでしたかね、卯三郎さんと荘兵衛さんが夕方二人で出かける姿を見ましたよ」

二人一緒というのは珍しかったので、覚えていたのだとか。二丁の辻駕籠《つじかご》に乗って出かけていったと付け足した。行き先は分からないが、犯行に関わりのある者を接待したのかもしれない。

嘉祢屋の小僧が二丁の辻駕籠を呼んできた。

「駕籠舁《か》きを覚えているか」

「あれは、熊吉《くまきち》と七助《しちすけ》ですね」

一組は覚えていた。このあたりを流している者らしい。

そこで熊吉と七助を捜すことにした。名だけで、顔も知らない駕籠舁きを捜すのはかなりの手間だ。客待ちをしている駕籠舁き何人かに尋ねた。

「熊吉と七助ならば、よく知っていやすぜ」

「おうよ。そういえば朝のうち、江戸橋あたりで見かけたが」

今はどこにいるか分からない。客次第で、どこへでも行く稼業だ。さらに訊き続けて、見つけたのは昼過ぎになった。尋ねていたところを、空駕籠で通りかかった。

「あいつらですよ」

と教えられた。

呼び止めた源之助が、問いかけをした。

「そういえば十日あたりに、嘉祢屋の旦那を運んだことがある」

まず先棒《さきぼう》の熊吉が答えた。七助も思い出したらしく頷きを返した。番頭はもう一つの駕籠で、同じ場所で降ろした。

「そこはどこだ」

「えーと、どこだったたっけ」

熊吉と七助は顔を見合わせた。毎日、多くの者をいろいろな場所へ運んでいる。すぐには思い出せないらしい。

「料理屋あたりではないか」

正紀が助言した。それでようやく思い出した。

「あれは、鉄砲洲《てっぽうず》の浜惣《はまそう》ですね」

卯三郎と荘兵衛は、一緒に出入り口へ入っていった。何者かを招いたはずだが、他に誰が来ていたかなどは分からない。

鉄砲洲へ行って、浜惣の番頭に尋ねることにした。江戸の海に面した場所で、敷地は千坪近くありそうだった。

番頭を呼び出した。

「はい。嘉祢屋さんには、よくお越しいただいております」

顧客であることは認めたが、招いた客については答えられないと丁重《ていちょう》に断られた。顧客の秘密は守るということらしい。

そこで裏口へ回った。しばらく様子を見ていると、仲居らしい三十歳前後の女が出てきたので、源之助が声をかけた。

「嘉祢屋さんですか。さあ、あたしの受け持ちのお客さんにはいませんけど」

座敷が違えば分からないと返された。

「仕方がない」

ここで正紀は、山野辺に頼んで話を聞いてもらうことにした。町奉行所の与力ならば、答えないわけにはいかないだろう。

山野辺を捜すのも手間取った。河岸場や商家の店先で訊いて、足取りを追った。

「先ほどまで、通りの積み荷について、そこで話をしておいででした」

半刻ほど歩いて、積まれた荷について番頭に何か言っている山野辺の姿を見つけた。

話がついたところで、正紀が声をかけ事情を伝えた。嘉祢屋の件については、山野辺から一報を受けたのだった。

「確かに番頭は、いきなり現れた素性《すじょう》の知れぬ侍には、客のことは話さぬだろうな。引き受けた。お安い御用だ」

山野辺は快諾《かいだく》してくれた。四人で鉄砲洲へ足を向けた。

浜惣では現れた番頭に、山野辺が問いかけをした。腰の十手に手を触れさせながらのことだ。

番頭は初め渋ったが、山野辺はかまわず押し切った。

「嘉祢屋さんは、二人のお侍様を招いておいででした。お客様の名は伺《うかが》いませんでしたが、どちらもご身分は高そうでした」

「侍の名を呼んだはずだが」

それも訊いてみた。番頭はわずかに考えるふうを見せてから答えた。

「お一人は四十歳前後で、ご家老と呼んでいました。もう一人は、三十代前半の歳で西垣様だったような」

ご家老ではどうにもならないが、西垣はどこかで聞いた気がした。正紀は思い出そうとしたが、浮かばなかった。

とはいえ、これだけでも分かればありがたい。

「助かった」

正紀は山野辺に礼を言った。暇なわけではない。役目の途中で力を貸してくれたのだ。山野辺とはここで別れた。

正紀らも鉄砲洲を後にした。

「出入りの、大名家の家老でしょうね」

源之助が言った。これだけ分かるのにも、一日かかってしまった。屋敷に帰って、佐名木に伝えた。

「ともあれ、確かめましょう」

大名武鑑《だいみようぶかん》で検めた。

「吉田藩か、出入りの御家だろう」

「ありました。これですね」

冊子を捲《めく》っていた佐名木が、吉田藩の項目を開いて指をさした。側用人に西垣六郎兵衛という名があった。

そこで正紀は思い出した。そういえば、浜松藩上屋敷に出入りをしていたと聞いたことがあった。佐名木もそうらしい。

「あの事件の直前に、三人が浜惣で会ったことになるな」

「出入りの商人が、御家の重臣をもてなすのは、珍しいことではありませぬ。しかし時期が時期ですからな」

正紀の言葉に、佐名木が返した。

七

翌日、正紀は昼過ぎまで藩主としての役目をこなした。国許から指図を求められるものや決裁をしなくてはならない事項が送られてくる。また領内であった種々の出来事の報告もある。些細《ささい》なことから厄介なことまであった。一応は頭に入れておく。

その間に、本家の浜松藩から連絡があった。浦川が、正甫の名代《みょうだい》として、高岡藩上屋敷を訪ねたいというものだった。清三郎の霊を慰めるためにとの名目である。

正甫の名を出されると、断りにくくなる。

「いらぬ客だな」

正紀は、佐名木にだけ本音を漏らした。とはいえ、断ってもそれで終わりにはならない。その日が駄目なら、他の日の提示を求められる。

だったら、来させてしまった方が早い。

その前に、井尻が正紀の御座所に顔を見せた。所用で、下屋敷へ行ってきた。勘定頭としての役目でだ。

「所用の後、清三郎様のお祠《ほこら》にもお詣《まい》りをいたしました」

「様子はいかがであったか」

参拝する者が増えているという話は聞いていた。だからこそ、井尻も気になったのだろう。

「それがしが出向いた折にも、お詣りをする者の姿がありました」

行列をなすほどではないが、途切れぬくらいには、人がやって来るとか。それは驚きだった。

「近くの百姓だけでなく、町人の姿もございました」

「ほう。噂が広まったということだな」

「そのようで」

「やはり、子の治らぬ病《やまい》を案じる者たちか」

「訊いてみましたが、それだけではないような」

井尻は首を横に振った。

「では、何のためか」

「子や孫が、健《すこ》やかに育つためにだとか」

「なるほど」

幼子の病快癒《やまいかいゆ》だけではなく、祈願する範囲が広まったのだと感じた。

「亀戸村の百姓代の隠居喜一郎が初めでしたが、話が口から口へと伝わったようでございます」

「その方が口を利《ほう》いたのは、喜一郎の知り合いではなかったわけだな」

「さようで。経師《きょうじ》職人の若い夫婦でございました。本所深川界隈では、幼子を持つ者の間で、徐々に広まっているそうにございます」

「そうか。嬉しい話だな」

井尻が、わざわざ伝えに来たわけが分かった。

すぐにも京に知らせてやりたかった。

日が経《た》つにつれて、清三郎を失った京の気持ちは落ち着いてきたかに見える。けれどもそれは、納得したわけではなく諦《あきら》めたのだと感じていた。

孝姫は元気がいい。その姿を見ているのは気が休まるらしい。そのときだけ、口元に小さな笑みを浮かべた。

そして京は、下屋敷の清三郎祠《せいざぶろうし》のことを気にしている気配があった。清三郎の霊が、幼い子どもを守るならば、この世に生を享《う》けたことは無駄ではなかったことになる。祠に参拝する者が絶《た》えないのは、京の心の支えになるに違いなかった。

ただ、新たに子を産もうという気持ちにはまだなっていなかった。無理強《むりじ》いをするつもりはない。京はまだ、己を責めていた。

井尻はさらに続けた。

「祠の前に拵《こしら》え置きました賽銭箱でございますが」

「うむ」

「小銭ばかりではございますが、それなりの量になっておりました」

満足そうな口ぶりだった。五匁銀《ごもんめぎん》まで交《ま》じっていたとか。

「賽銭箱を、大きくしようかと存じますが」

勘定頭としての打算が顔を出した。

「賽銭を得るために建てたのではあるまい」

「さようではございますが、清三郎様のお恵みかと」

井尻が返した。


そして浦川が、清三郎の霊を慰めるとして、高岡藩上屋敷へやって来た。ともあれ、仏間へ通した。

線香をあげた浦川は、神妙に両手を合わせた。正甫の名代だから、その後で客間に通した。

京も挨拶に出た。出したくはないが、出なければ面倒なことになる。

「病なのか」

と勘繰《かんぐ》られる。短い挨拶で済むならば、それで済ませる腹だった。

「ご気分は、いかがでございまするか」

「お陰様にて」

京は浦川に合わせる。

「幼子を亡くされたのは、さぞやお辛いことだったとお察しいたします。しかしそれを乗り越えられたのならば、何よりと存じまする」

「…………」

母親が幼子を失って、一月《ひとつき》やそこらで気持ちが治《おさ》まるわけなどない。分かっていての言葉だ。浦川はさらに続けた。

「次も和子《わこ》様をお産みなされませ」

と神妙な顔で告げた。これは浦川の嫌がらせとしか受け取れない。京を滅入《めい》らせて、孝姫に婿を押しつけようという腹だ。怒りが湧くが、今のところ手立てがない。

京は返事をしなかった。早々に部屋から立ち去らせた。

「掛川藩の洋之進様との縁談でござるが、お考えいただけたでござりましょうや」

二人で向かい合ったところで、浦川はやはりこれを話題にした。

「いや。それについては、まだまだ先のことと存じておる」

孝姫も、いつかは嫁に行く。婿を取ることもないとはいえない。ただそれを、今決める必要はなかった。

「逃しては惜しい縁談でござるが」

浦川は言った。簡単には引き下がらない。しぶとく、話を進めるつもりだ。

「気をつけろ」

と言った睦群の言葉が、頭に蘇《よみがえ》った。

第三章　恨みの祠

一

夕刻、正紀は赤坂《あかさか》の今尾藩竹腰家の上屋敷へ赴《おもむ》いた。朝のうちに面会を求めていた。嘉祢《かね》屋の卯三郎と荘兵衛を調べるうちに、西垣という侍の名が浮かび上がった。歳からして吉田藩側用人西垣六郎兵衛と見ているが、その人物についてはほとんど分からない。

そこで尾張藩付家老として多くの情報を得られる睦群から、西垣について分かることを教えてもらおうと考えたのだった。

「どうした。何があったのか」

いきなり睦群の御座所へ通された。尾張藩付家老の睦群のところには、少なくない面会の者が来ているはずだが、そちらを待たせているのだと察せられた。

睦群と対面した正紀は挨拶《あいさつ》もそこそこに、去る十六日暮れ六つ（午後六時頃）あたりに、嘉祢屋の手代与曾助と吉田藩 賄 方《まかないかた》石澤里次郎が襲われ十一両を奪われた件について、その後のことも含めて詳細を伝えた。

嘉祢屋が、吉田藩の御用達《ごようたし》であることも言い添えている。

「なるほど。高岡藩が、攻められてきたわけだな」

睦群は分かりが早かった。

「早晩、何かあると見ていたぞ」

当然のような顔で続けた。

「やはりそのようで」

「その方《ほう》らが探り当てた西垣は、吉田藩の側用人西垣六郎兵衛に相違《そうい》あるまい」

「西垣なる者について、何か思い当たりませぬか」

「もともと吉田藩内では名家の出だが、近頃当主の信明に目をかけられて側用人になった。酷薄《こくはく》な切れ者という噂だ」

さすがに睦群は、そこまで知っていた。

「それが、嘉祢屋からもてなしを受けたわけですね」

「ああ、そうなるな。その六日後に、吉田藩の下級藩士が、嘉祢屋関わりで殺されている。におってくるものが、あるではないか。何か、言ってきたか」

「いえ、まだ」

「見えぬところでは、動いているであろう」

その通りだと察せられた。切れ者とされる西垣が、そのままにするわけがない。ただ杉尾と橋本が、吉田藩の石澤を洗っているが、今のところは、そこに西垣の影が絡んでくる気配はなかった。

「鉄砲洲の料理屋で家老と呼ばれた者だがな、わしは浜松藩の浦川ではないかと思うぞ」

確信のある睦群の口ぶりだった。

「やはりそうでしょうか」

気持ちのどこかで、そんな気がしていた。嘉祢屋と浦川では繋《つな》がりようがないから唐突《とうとつ》な気もしなくはないが、吉田藩が関わるとなれば無縁とはいえなくなる。

確認はできないが、鉄砲洲の浜惣では「ご家老」を含めた四人が、宴席を持っているのは事実だ。

「それだけではないぞ」

睦群は、もの言いたげな目を向けてきた。

「何でしょう」

「西垣と掛川藩の側用人雉原猪右衛門は、昵懇《じっこん》の間柄だ」

次期老中候補と目《もく》される掛川藩主の太田資愛《すけよし》については、家臣に至るまで調べを入れているのだと察せられた。指揮を執《と》る宗睦も、抜け目がない。

三十三歳の西垣と三十八歳の雉原は、若い頃中西《なかにし》派一刀《いっとう》流の道場で剣術の腕を磨き合った仲だとか。幼少からの縁となれば、繋がりは濃い。

剣術仲間という点では、正紀と山野辺の間のようなものだろう。

「浦川を含めて、三人が繋がるわけですね」

「掛川藩が絡むとなれば、洋之進と孝姫の話か」

「どう、関わってくるのでしょうか」

「向けられてきた縁談に、こちらがどう対処するか、そこが要《かなめ》になるだろう」

睦群の言葉に、正紀は頷いた。


同じ頃、杉尾と橋本は、引き続き吉田藩の石澤の動きを探っていた。西ノ丸下の上屋敷裏門を見張ったのである。

四半刻ほどもした頃、潜《くぐ》り戸《ど》から初老の中間が出てきた。

「よし、つけよう」

杉尾が言った。

何も手掛かりを摑《つか》めぬまま、日が過ぎている。中間をつけたところでどうにかなるとも思えないが、石澤を知っているならば何か聞けると思った。また訪ねた相手が、何かを知っているかもしれない。

中間が行った先は、日本橋北鞘《きたさや》町の油問屋だった。伝えるべき用があったらしい。四半刻もしないで通りへ出てきた。

そのままつけて行く。他にもどこかへ行くならば、それを見届ける。まっすぐ屋敷に帰るならば、途中で声をかけるつもりだった。

その途中の堀端で、「ああっ」という声を聞いた。何人かが、道の端に寄って体を硬くしていた。避けて足早に立ち去ってゆく者もいた。

「何事でしょう」

橋本は目を凝《こ》らした。避けた人の真ん中で、大型の犬が涎《よだれ》を垂らして唸《うな》っていた。目の焦点《しょうてん》が、合っていない気がした。

「狂犬ではないか」

杉尾が言った。その犬が、たまたま前を行こうとした中間に近づいて睨《にら》んでいる。噛《か》まれれば厄介だ。

「捨て置けませんね」

橋本は地べたの石を拾うと、駆け寄った。中間はいきなりのことだからか、仰天《ぎょうてん》して身動きができないでいる。急なことだから、どうすればよいのか見当がつかないらしい。

犬は、後ろ足に力を溜《た》めている。飛びかかろうとしていた。

「ああっ」

周囲から、声が上がった。

犬は中間に飛びかかり噛みつこうとした。その間一髪、橋本は拾った石を犬をめがけて投げつけた。力が入っている。

石は勢いよく飛んだ。

「きゃん」

どすっと鈍《にぶ》い音を立てて、石は犬の鼻先に当たった。体をぐらつかせて、それから急に昂《たかぶ》る気配が消えた。よろめきながら、この場から離れていった。

「怪我《けが》がなくて、よかった」

双葉文庫
公式キャラクター
たばぶー

駆け寄った橋本が声をかけた。

「ありがたいことで」

中間は頭を下げた。そこで橋本は、好機だと考えて一芝居打った。危機を救ったのは善意だが、ここからは違う。

「その方《ほう》は、吉田藩の者ではないか」

「へい、そうですが。どうして、ご存じなので」

不思議そうな顔をした。

「殿様の行列で、見かけたような」

「なるほど」

納得したらしい。危ないところを救われたわけだから、初めから下手《したて》に出ていた。

そこで早速、石澤について問いかけた。

「お賄方《まかないかた》の石澤様ならば、よく存じています。先日は、とんでもないことになりました」

吉田藩側の様子を知れるかと考えて、橋本は事件を知らなかったことにした。

「いったい何があったのであろうか」

「襲われて亡くなったのですよ」

商人の警護をしていたとは言わなかったが、二人でいるところを襲われたという話をした。

「ほう。思いもよらぬ出来事だな」

「まったくでございます」

「石澤殿は、商人と親しくしていたのか」

「その商人とは、うまくやっていたようです」

わずかに戸惑うふうを見せてから言った。どこかに、嘲笑《あざわら》う気配があった。

「石澤殿は、なぜ商人と一緒だったのか。珍しいことではないか」

「そうですねえ」

「見当がつくか」

「はっきりは分かりませんがね、酒でも飲ましてもらうつもりだったんじゃないでしょうかね」

亡くなった者だから、遠慮はいらないと感じているのかもしれない。あけすけな言い方だった。もてなしを受けているという話だ。

「事実ならば、不埒《ふらち》な話ではないか」

「そりゃあそうです。日頃の行いから、罰《ばち》が当たったんだと話す人もいます」

日頃というところで、石澤の暮らしぶりの一端が窺《うかが》えた。酒にはだらしがなかったようだ。

「しかし何であれ、お屋敷ではそのままにはせぬのではないか」

「そりゃまあそうでしょうが、私らには分かりませんね」

と返された。

二

屋敷に戻った正紀は、佐名木と青山、源之助と植村、それに杉尾と橋本を御座所へ呼んだ。睦群から聞いた話を、一同に伝えた。

「なるほど、浦川殿も関わりますか」

大きく頷いた青山が言った。他の者たちも頷いている。

「しかし、どのように関わっているのでしょうか」

源之助が首を傾《かし》げた。浦川が正紀を追いつめたい気持ちについては、皆も分かっている。とはいえ、嘉祢屋の一件とは繋がりようがない。

「いや。役どころがないとは、いえぬような」

と口にしたのは、植村だった。一同が目を向ける。

「賄方とはいえ、藩士を襲うことになります。しくじった場合には、同じ藩の者ならば面倒なことになりましょう」

「なるほど。他藩の者ならば、分からないわけですな」

杉尾が返した。

「しかしそこまでするでしょうか。確かに十一両が手に入るならば、やらないとは限りませぬが」

これは誰もが抱く疑問だ。

「いや、金子が問題なのではないかもしれぬ」

これは佐名木の言葉だった。

「では、何のためでございましょうか」

橋本が首を傾げた。

「当家を陥《おとしい》れるためならば、それくらいのことはするのではなかろうか」

「浦川が関わっているとなれば、ないとはいえぬな。あやつが手を下すわけではない。手先を使うであろう」

高岡藩士が吉田藩士を襲い金子を奪ったとなれば、正紀を叩くことができる。

「さようでございますね」

納得した顔で、橋本が頷いた。

「手を下す者が、いるでしょうか」

「それを当たってみましょう」

植村の言葉に、源之助が続けた。

「では、そういたせ」

吉田藩の上屋敷を探っても、なかなか埒《らち》が明かない。正紀が命じた。


翌日、源之助は植村と共に、浜松藩上屋敷へ向かった。空で小鳥が囀《さえず》っている。心地のよい、春の日差しだ。

「喜世殿のお加減は、いかがですか」

源之助は、腹の子のことを尋ねた。藩としては、めでたい話だ。

「多少のつわりはあるようだが、順調でござる」

相好《そうごう》を崩して言った。植村がそういう顔を見せるのは珍しい。けれども嬉しそうな表情になったのは、短い間だけだった。

「今は、手放しでは喜べませぬ」

植村は問われない限り、自分から腹の子の話をすることはなかった。

吉田藩士と嘉祢屋の手代が殺され、金子を奪われた事件は、高岡藩をじわりと攻めてくる。源之助と植村は、本家浜松藩には親しい藩士がそれなりにいた。本家の家中でも、反正紀派ばかりではない。

尾張藩の傘下《さんか》に入ることを望む者たちがいた。その者たちは声高には叫ばないが、浦川が正甫をいいように操《あやつ》っていると感じて不満を持っている。

近習方《きんじゅうかた》の若い侍に、源之助が問いかけた。

「近頃、浦川様に気に入られている家臣はどなたであろうか。そこには、腕の立つ者もありましょう」

こういうことでも、あっさり訊ける。もちろん、なぜ訊くかの大まかな説明もした上でのことだ。親浦川派には漏れないことが前提となる。

「そうですな」

二人の名を挙げた。しかしどちらも、犯行のあった今月十六日の夕刻には、外出をしていなかった。これは何人かに問いかけて、調べてもらった。

浦川と謡《うたい》の稽古をしていた。謡は浦川の趣味だ。

「いかにも、関わってはおらぬようですね」

植村が言った。他にも手先として動く者はいるが、殺しであっても命じられればするというまでの者は、そうはいないはずだ。また浦川も、本当に心を許した者にしか命じないだろう。

汚れ仕事だから、下士となるはずだ。

「他に思いつく者はありませんか」

「ああ」

若い侍は少し考えてから言った。

「深川の中屋敷詰めの者で、藤村伝九郎《ふじむらでんくろう》という者がおります」

源之助も植村も、この者は知らなかった。中屋敷詰めならば、会うことはほとんどない。

三十一歳の徒士衆《かちしゅう》で、剣の腕が認められて二年前に江戸へ出てきた。

「浦川様が、中屋敷詰めとして江戸へ呼んだと聞きます」

「使うにはうってつけですね」

源之助と植村は、深川六間堀《ろっけんぼり》の浜松藩中屋敷へ行った。

ここにも親正紀派はいる。その侍を訪ねた。事情を話し、藤村の顔を確かめさせてもらった。

厩舎《うまや》で馬の世話をしているとのことで、やや離れた物陰から顔を見た。それから空き部屋へ移って、ここでの藤村の過ごしようを尋ねた。

「お役目は、きちんと果たす者でござる」

「浦川様に目をかけられていると聞きましたが」

「さよう。中屋敷から浦川様に書状などを届ける折には、あの者が参ります」

浦川が国許にいた頃に、目をかけていた者らしい。前からの顔馴染《かおなじ》みということだ。

「では尋ねるが、十六日の暮れ六つあたりに、外出をしていなかったであろうか」

「さあ」

覚えていないらしい。

「藪入《やぶい》りの日でござる」

武家には関わりがないが、家へ帰る小僧の姿が目についた日だ。何か覚えているかもしれない。

「ああ、あの日か。そうそう、それならば、あの者は夕刻から出かけていた」

戻ってきたのは、五つ（午後八時頃）過ぎだったとか。それならば、犯行は可能だ。

源之助は心の臓が騒いだ。

「その前の数日の間で、出かけることはありませんでしたか。あるいは誰かが訪ねてくるとか」

「あの前日、藤村は上屋敷へ出かけていた。浦川様に呼ばれたのだった」

聞いた植村が言った。

「そこで指図を受けたのでしょう」

「藤村殿と親しい者はいるかと存ずるが、同じ日に出かけた者はあろうか」

さらに源之助は尋ねた。石澤と与曾助を襲ったのは、二人の侍だった。

「いや。あの日は、藤村だけでござった」

迷いのない口調だった。

「では浜松藩士以外で、訪ねてきた者はござらぬか」

「それならばありましたな」

「どこの藩でござろう」

胸の昂《たかぶ》りを抑《おさ》えながら、源之助は問いかけた。

「掛川藩士でござった」

「ほう」

源之助と植村は、顔を見合わせた。いよいよ出てきたという気持ちだ。名を訊いた。

「新山《にいやま》なんとかだったような」

雉原ではなかった。身分の高い者ではない。しかしそれが分かっただけでも上出来だった。

三

浜松藩中屋敷を出た源之助と植村は、亀戸の高岡藩下屋敷へ足を向けた。

「せっかく、大川《おおかわ》の東へ参ったゆえ」

植村が言った。清三郎祠を詣って行こうという話だ。気候もよくなっているし、よい評判も広まった。参拝《さんぱい》する者が増えていると聞いていた。喜世の腹には子が宿《やど》って、植村はお詣りをしたいらしい。

「そうですね、行ってみましょう」

源之助も祠の様子が気になった。

そして屋敷の裏門前に立った。門扉《もんぴ》は開かれている。

「おおっ」

植村が声を上げた。聞いていた通り、少なくない参詣《さんけい》する者の姿があった。三、四人まとまって来る者もいれば、一人でやって来る老人もいる。腹の大きな女と亭主らしい若い夫婦者もいた。

一組が引き上げると、待つほどもなく次の者が姿を見せた。行列するほどにはならないが、ほぼ途切れない。門扉を閉じるときがなかった。

「驚きましたね」

源之助が、感嘆の声を漏らした。

「腹の子が、丈夫に育ちますようにと祈願に来ました」

参拝の理由を問うと、若い夫婦は答えた。表情が明るい。

「本所や深川界隈《かいわい》の幼子のいる家では、だいぶ知られてきました」

「そうか」

口から口へと、噂が広まる早さに驚いた。噂が広まった根っこにあるのは、亀戸村の百姓代の隠居喜一郎の孫の病が一気によくなったことだ。さらにお詣りに来て、幼子の病がよくなったと告げる者が、他にもいたのが大きかった。

「幼子を守る祠、そして安産祈願をする者の守り神といった見方が、されるようになってきたということですね」

「まさしく」

源之助の言葉を受けた植村も、祠の前で両手を合わせた。お詣りに来た者は、拝《おが》む前に賽銭を入れる。参拝の者が途切れたところで、源之助は賽銭箱を手に取ってみた。

「ずいぶんと重いです」

「井尻様が喜びますね」

二人は笑った。

祠への参拝に限り、裏門から敷地内に入ることは許している。しかし暮れ六つには門を閉じた。井尻は下屋敷の勘定方に、門を閉じる際に、賽銭箱の中身は勘定方が取り出して屋敷内の別の箱に移すように命じていた。

朝はいつも空になっているわけだが、ここまでの間に、それなりの数の参拝の者がやって来たことになる。一人が鐚銭《びたせん》数枚でも、集まればそれなりの額になる。

それから源之助と植村は、その日見聞きしたことを正紀に報告すべく、上屋敷へ戻ることにした。


この日、橋本は杉尾と共に、廻漕河岸場方の仕事で高岡河岸を使う米問屋へ打ち合わせに行った。一日も早く濡《ぬ》れ衣《ぎぬ》を晴らしたいところだが、河岸場のための仕事は横に置くわけにはいかない。

正午を過ぎたあたりで、ようやく屋敷に戻ることができた。

青山に報告を済ませて、吉田藩邸を探りに行こうとしているところで、二人は正紀に呼ばれた。

「これから浜松藩上屋敷へ、掛川藩の雉原猪右衛門が顔を見せるらしい」

浦川を訪ねてくると、親正紀派の藩士が知らせてきたという。朝のうち、浜松藩上屋敷には源之助と植村が行っているはずだが、雉原の件は二人が引き上げた後で分かったらしかった。

雉原には、出向かなくてはならない急な話が浦川との間にあるようだ。

「話の内容は分かるまいが、顔を確かめておくがよい。供侍も連れてきているはずだから、その様子も見ておくように」

「ははっ」

橋本ら二人は、浜松藩上屋敷へ向かった。

「孝姫様との縁談の話でしょうか」

「何か、動きがあるのであろうよ」

こちらもそのままにはできない。雉原は浦川や吉田藩の西垣と近いと聞いたばかりだ。石澤殺しに関わりがないとはいえない。

穏やかではない気持ちが、橋本の胸にあった。それは杉尾も同じだろう。いつの間にか、足早になった。

陽だまりを歩いていると、汗ばんでくる。

浜松藩邸に着くと、雉原はまだやって来ていなかった。橋本と杉尾は、長屋門の見える小部屋に潜《ひそ》んで現れるのを待った。親正紀派の藩士が手配をしてくれた。

四半刻ほどして、雉原が馬に乗って現れた。轡《くつわ》は二十代後半とおぼしい供侍が取っていた。

「あやつか」

橋本は杉尾と共に、二人の顔を確認した。門番が、二人の名を呼んでいた。供侍は新山というらしい。

雉原はいかにも切れ者といった感じで、利《き》かん気の強そうな顔だった。馬の轡を取っていた供侍は、浅黒い表情のない顔に見えた。二本差しでも、身なりからして下士だと見当がついた。

雉原と供侍は、共に客間へ通されたとか。

「供侍も、客間ですか」

気になった橋本は言った。常ならば、主《あるじ》待《ま》ちの家臣のための部屋へ入る。

「あの者にも、話を聞かせておく必要があるということだな」

「何かの役目があるわけですね」

知らせてくれた浜松藩士に、供侍の名を確認してもらった。新山右田之助《うたのすけ》という御《お》馬方下役《うまかたしたやく》だという。

「深川の下屋敷で御馬の世話をしているとか」

と付け足した。

「下屋敷詰めが、わざわざ上屋敷の側用人に従って来たのでしょうか」

これも腑《ふ》に落ちないから、橋本は口にした。

雉原らは、半刻ほど浦川と話して引き上げて行った。正甫は同席しなかったという。

「何か、新たな企《たくら》みをしているのであろうな」

忌々《いまいま》し気に、杉尾が言った。

四

正紀は佐名木と共に、源之助と植村から、浜松藩上屋敷から深川六間堀の中屋敷へ回ったという話を聞いた。藤村伝九郎という名は、初めて耳にした。

「上屋敷に置かなかったのは、何かの折に目立たぬように使おうと考えていたからでしょうか」

源之助が言った。

「うむ。石澤と与曾助襲撃に、関わっていたのかもしれぬな」

正紀が答えた。同日同刻あたりに、屋敷を出ていたのは大きい。

「掛川藩の新山という者が、気になりますな」

佐名木が続けた。そこへ杉尾と橋本が、浜松藩上屋敷から戻ってきた。聞き込んだことを伝え合う。

「ほう。新山右田之助は、雉原の腹心でございましたか」

源之助が声を上げた。調べと調べが、繋がった。

「仮に今月十六日夕刻にどこかへ出ていたら、藤村と新山が、怪しいとなります」

橋本が言った。石澤と与曾助を襲ったのは、侍二人だった。

「しかしその件に、掛川藩が絡むのであろうか」

そう言ったのは佐名木だった。確かに、今摑《つか》んでいる出来事の中で、掛川藩に利のあることはない。

今一つ、得心《とくしん》がいかなかった。

そこへ、山野辺が訪ねてきた。何かの動きがあったのだと受け取った。一同が、緊張の面持《おもも》ちになった。

「大目付から北町奉行所へ、調べの依頼があった」

「石澤と与曾助の件だな。いよいよきたか」

吉田藩が、そのままにするわけがないと思っていた。

「なるほど。大目付を動かしたわけか」

と正紀は続けた。吉田藩の西垣あたりが働きかければ、大目付も動くはずだった。

下士とはいえ、吉田藩士が殺されたことは間違いない。

「当初調べに当たった同心宇津美弥太兵衛が調べたことについては、吟味方《ぎんみかた》へ伝えられている」

「吉田藩が動いているならば、初めから疑いの目を向けてくるわけだな」

「まあ、そうだろう」

山野辺の返事はそっけないようだが、それを織り込んでおけという意味だと承知した。嫌な話でも、速《すみ》やかに伝えてもらえるのはありがたかった。

翌日朝方には、北町奉行所から杉尾と橋本に尋ねたいことがあるので出向きたいという申し入れがあった。撥《は》ね除《の》けることもできなくはないが、大目付が出てくれば面倒なことになる。

「受け入れた方が、よろしいでしょう」

佐名木が言った。正紀もそのつもりだった。

正午過ぎになって吟味方与力一名と、同心の宇津美弥太兵衛が高岡藩上屋敷へ顔を出した。聞き取りの対象は杉尾と橋本だが、上役の青山が同席した。正紀と佐名木が襖《ふすま》を隔《へだ》てた隣室で、やり取りを聞くことにした。

吟味方与力は、宇津美が調べた内容について話した上で、犯行の刻限の動きについて問いかけてきた。

「屋敷に戻っており申した」

杉尾が答えた。

「御家の方以外で、それを証《あか》せる御仁《ごじん》はござろうか」

「ござらぬ」

そう答えるしかなかった。与力は責める口調ではなく、淡々《たんたん》と問いかける印象だった。否定もしない。

ただ宇津美が調べたことを、確かめてゆく。とはいえそれは犯行が否定できないことにもなり、杉尾と橋本を追いつめてくる。

「その日、与曾助が吉田藩上屋敷へ支払いを受けに行くことは、聞いていたのでござるな」

「何か申していたが、しかとは覚えておらぬ」

　やり取りは、宇津美が記録しているようだ。

「嘉祢屋へ初めに行ったのは、いつ頃で」

「昨年の、秋も終わり頃でござった」

「なぜ嘉祢屋へ」

「商いの内容から、高岡河岸を使いそうだと踏まえたからですな」

「では、こちらから訪ねたわけでござるな」

「いかにも」

　事実だから、そう答えるしかない。

　与曾助との店でのやり取りなども問われた。一つ一つはそれほどのものではないが、合わせると杉尾と橋本の方から嘉祢屋に近づいていき、事情を聞き出していたように受け取れる内容になっていた。

　とはいえこちらとしては、犯行の刻限には藩邸にいたと、その線では譲らなかった。

それでも何か言ってきたら、そのときは強く出る。

「当家の話を信じられぬのか」

とやる段取りだった。けれども吟味方は、そこまで迫ってはこなかった。周りから固めていくというやり方だと正紀は感じた。

「ご無礼をいたした」

半刻あまりで町奉行所の二人は引き上げて行った。

「吉田藩は、段取りを踏んでいますな」

佐名木が言った。これだけで黒白をつけるつもりはない。ただ話を詰める一つにする腹だろうと佐名木は言っていた。正紀も同感だった。「はしもと」という名を、死に際の与曾助が遺《のこ》していた。これは大きい。

顔を見たと告げた者もいた。杉尾と橋本が町人だったら、町奉行所へ呼ばれて厳しい詮議《せんぎ》を受けたはずだった。

五

翌日正紀は、源之助と植村には浜松藩中屋敷詰めの藤村伝九郎を、杉尾と橋本には掛川藩下屋敷の新山右田之助を探るように命じた。断定はできないにしても、今のところ藤村と新山が、石澤と与曾助を襲った下手人《げしゅにん》だと見ている。他にこの件について、決着をつけられる手立てはない。

　正紀は国許から届いたいくつかの案件を、佐名木と図りながら処理した。

「おお、これは」

　国家老の河島一郎太《かわしまいちろうた》からの文《ふみ》では、清三郎亡き後、跡取りを求める声が家中にあることを伝えてきた。それは佐名木にも読ませた。

「国許の気持ちも、分からぬわけではございませぬが」

「まことに。しかしな」

　二人はため息を吐《つ》いた。次の言葉が出てこない。

　ここのところ京は明るく振る舞おうとしているが、それはあえてしていることで、決して立ち直れてはいないと分かる。

　一昨日《おととい》あった源之助と植村の報告で、下屋敷の清三郎祠へ詣る者が思いのほか多かったことが気持ちに残っていた。先日井尻は賽銭のことを口にしていたが、正紀にしてみれば、清三郎の霊が幼子たちの命を守っている気がして心の支えになった。

　今日は幸い朝から上天気なので、京に下屋敷へ行ってみるように勧めた。妙蓮院にも会いたいだろう。

喜世を伴《ともな》ってもいいという考えもあった。

孝姫は、このところ前とは少し様子が変わってきた。京はそれを、胸に痛いほどに感じている。

「せいざ、どこ」

ひと頃はよく口にしていた。可愛がっていた弟の姿がなくなった。そのわけを理解できず、いない不満と寂しさを言葉や態度に出していた。

ところが近頃はそれがなくなった。部屋を捜し回ることもない。忘れたのかと思ったが、そうではなかった。侍女には、いまだに清三郎がどこへ行ったのかと尋ねて困らせている模様だ。

しかし京には訊かない。清三郎のことを考えていると、何も言わぬ孝姫に見つめられているのに気づく。

それが二度、三度とあって、どきりとした。

清三郎がいないことを、京が悲しんでいる。そのことに孝姫は気がついて、言葉を呑んでいるのではないかと感じたのである。

「まさか」

と思う。相手は五歳の子どもだ。けれども自分を見つめる眼差し、そこで目が合って、ほんの少し見せる寂しげな様子。

「幼い娘に、気遣われた」

京は胸の内で呟《つぶや》いた。そして自分は、孝姫の前では、極力明るく振る舞わなくてはならないと考えたのだった。またそのことで、いつまでもめそめそしていてはいけないと己に言い聞かせた。

悲しみは乗り越えるためにある。

下屋敷の清三郎祠に、参拝の者が続いているとは前から聞いていた。正紀に勧められて、行ってみることにした。喜世にも声をかけると、供をすると言ってきた。腹の子のこともある。共に順調な成長を願いたかった。

藩の御忍《おしの》び駕籠《かご》二丁で、下屋敷へ出向いた。

「私が駕籠を使うなんてとんでもない。大丈夫でございます」

喜世は遠慮をしたが、京は何かがあってはと無理やり乗せさせた。清三郎の初七日法要以来の外出だった。

下屋敷で、妙蓮院となった和と会った。

「体は無事か」

「はい、母上さまも」

別々に暮らすようになって、会ったときの思いが濃くなった。声が耳に優しい。

「無理に忘れようとせずともよい。忘れることはできぬのだから、そのままそっと胸の奥に置いておけばよい」

と告げられた。それで泣きそうになった。

祠のお詣りをする。このためにやって来た。祠を目にするのは初めてだった。

まず鳥居が目に飛び込んできた。その場に、参拝の者の姿があった。老若《ろうにゃく》の男女《なんにょ》が、七、八人いた。

見ている間に、さらに一人増えた。杖《つえ》をついた老婆だ。

「参拝の者は、この前よりも増えています」

喜世が言った。真剣に両手を合わせる姿に、幼子を思う親族の情を京は感じた。

「生まれて半年の子が、すっかり達者になりました」

問いかけると、若い母親がそう言った。参拝する者が、五人六人と重なることもあるが、いなくなることもある。

その間に、京は喜世と祠の参拝をした。

あの世とこの世で別れ別れになったが、我が子を思う心は変わらない。霊となって、この祠に戻ってきてほしいと願った。

礼拝《らいはい》を済ませると、背後に数人の老若の者がいた。思いがけず、長く手を合わせていたらしい。

「待たせたな」

京はそう言って、後ろの者に場所を譲った。

「これだけの人が集まるのは、清三郎様がお守りになっているからだと存じます」

喜世が、参拝の者たちに目をやりながら言った。

「清三郎の魂《たましい》が、幼子たちの役に立っているのですね」

早世《そうせい》したが、清三郎が生まれたことには意味があった。京はここへ来て、それを実感した。

長い間瞑目合掌《めいもくがっしょう》する老夫婦の姿があった。そして満足そうに引き上げて行く様子を目にして、胸が熱くなった。腕白《わんぱく》そうな男児を連れた若い夫婦も姿を見せた。

「お陰で、こんなに元気になりました」

礼のためのお詣りだった。

京はしばらく、参拝の者たちの姿を見ていた。泣くまいと思っていたが、いつの間にか涙が溢《あふ》れてくる。

泣くだけ泣くと、気持ちがだいぶすっきりした。そして孝姫に、飛び切りの笑顔を見せてやろうと思った。

六

浜松藩の中屋敷と掛川藩の下屋敷は、どちらも小名木川《おなぎ》の北河岸にあって、間に常盤町《ときわ》を挟んで近い場所にあった。源之助と植村、それに杉尾と橋本は、小名木川河岸まで一緒に行って別れた。

川面《かわも》では、材木や俵物《たわらもの》を積んだ荷船が行き来をしている。揺れる水面《みなも》が、春の日差しをきらきらと跳ね返していた。遠くから、荷運び人足たちの掛け声が聞こえてきている。

源之助は、植村と共に浜松藩の中屋敷を当たる。

藤村が浦川の指図を受けて石澤と与曾助を襲ったのはほぼ間違いないと見ているが、確証は摑めていなかった。そこを詰めるのが、今日の仕事といってよかった。

一昨日《おととい》話を聞いた、親正紀派の藩士を呼び出した。藤村について、もう少し詳しく尋ねることにした。

「藤村は一代抱えの徒士衆で、妻子はござらぬ」

浦川から剣の腕を買われて、浜松から江戸へ出てきたことは聞いていた。

「では禄高《ろくだか》は」

「十俵二人扶持《ぶち》でござる」

「それだと、妻子は持ちにくいですな」

仮に子どもができても、跡を継げるかどうかは分からない。

「あやつはご家老に気に入られておるゆえ、役に立って出世をしたいと考えているのでござろう」

藤村の立場になってみれば当然だ。浦川はそこに目をつけて、藤村に汚れ仕事をさせるつもりだ。

「暮らしぶりはいかがか」

「浦川様の命を受けて何かしているらしいが、詳しいことは分からぬ」

「金回りは」

「そういえば、近頃は外へ酒を飲みに行くようだ」

屋敷の裏手に当たる常盤町には、酒を飲ませる店だけでなく、女郎屋が並ぶ一角もあるそうな。

「そういう場所に、足を向けるのであろうか」

「さあ、それは分からぬが」

受けている禄だけでは、とても贅沢《ぜいたく》はできないはずだ。他に何らかの実入りがあるならば、話は別だ。

常盤町の様子に詳しい中間がいるとか。その男と引き合わせてくれるよう頼んだ。

「浦川様に近い者ではありませんので、気軽にお尋ねくだされ」

と言われた。そこで中間部屋の前まで行って、磯助《いそすけ》なる者を呼び出した。ここには浦川派の者も少なからずいるので注意をした。

磯助は金壺眼《かなつぼまなこ》の小柄な中年男だった。建物の外で話をした。

「藤村様が行くのは、常盤町一丁目の久慈《くじ》屋という居酒屋ですよ。ばったり会って、一緒に飲んだことがあります」

藤村も酒好きらしい。

「こっちも、だいぶいけそうですがね」

小指を立てて付け足した。女郎屋のことを言っている。藤村は、そこへも出入りをしたらしい。

「よくそのような銭があるな」

植村が口にした。出どころは浦川だと見当がついた。嘉祢屋かもしれない。

源之助と植村は、常盤町の久慈屋へ足を向けた。

「ええ。藤村さまは、月に何度かお見えになりますよ」

女房が答えた。

「一人でか」

「そうじゃない日もありますが」

親しいらしい武家が一緒だとか。それが何者かは、女房には分からない。何度か顔を見たことはあったが、藩の中屋敷の者ではなさそうだと告げた。

「町人が一緒のことは」

「半月くらい前ですかねえ。ありました」

侍と商家の番頭ふうが一緒だったとか。番頭ふうは初めて見る顔で、侍の方は、藤村と二人で飲んでいるのを見たことがあるとか。何を話していたかは分からない。

「いつのことだ」

「あれは、そうそう、藪入りの次の日でしたね」

ならば、襲撃のあった翌日となる。酒肴《しゅこう》の代金は、番頭ふうが払ったとか。

「前夜の褒美《ほうび》でしょうか」

「だとしたらもう一人の侍は、共に襲った者ですね」

嘉祢屋の荘兵衛と掛川藩の新山が頭に浮かぶが、確証はない。

橋本は杉尾と、掛川藩下屋敷の門前に立った。浜松藩の中屋敷よりも、敷地は広そうだ。常盤町が、その二つの屋敷に挟まれるようにしてあった。

女郎屋の並ぶ一角があると聞いたが、表通りからは見えない。飲食をさせる店が目につくが、どこもまだ商いを始めてはいなかった。

掛川藩下屋敷の角のところに辻番《つじばん》小屋があったので、橋本はまずそこの番人に問いかけをした。

「屋敷内には、馬場があるのであろうか」

藩邸の敷地は、ざっと見たところ六千坪はあった。馬場があっても、おかしくはない。新山右田之助が御馬方下役だということを踏まえてのことだった。

「ありますよ。朝夕、蹄《ひづめ》の音が聞こえてきます」

「では馬を走らせるために、外へ出てくることはないのであろうか」

「たまに馬を引いてどこかへ行く姿を見ますよ。屋敷の中だけでなく、外でも走らせるのでしょうね」

馬に乗る身分の者だけでなく、調教のために乗る者はいた。それは高岡藩でも御馬方ならば同じだ。

「御馬方の藩士の顔は、分かるだろうか」

「一人だからね、見覚えましたね」

二十代後半の歳で、新山右田之助に違いなかった。

「どこか他の場所で、顔を見たことは」

「そういえば、どこかで見かけたような」

はっきりはしないらしい。

「思い出せぬであろうか」

杉尾が、鐚銭《びたせん》を数枚握らせた。その効果は、てきめんだった。思い出したらしい。

「常盤町の居酒屋だね。町人を交《まじ》えた三人で飲んでいた」

「いつのことかね」

「あれは。そうそう、藪入りの次の日だったっけ」

あの日、番人も酒を飲みに行っていたとか。

そこで橋本と杉尾は、常盤町の居酒屋へ行った。するとそこで、源之助と植村に出会った。それぞれここまでに分かったことを伝え合った。

源之助は居酒屋久慈屋で杉尾らと出会って驚いたが、考えてみれば、二人の足取りを追っていけば、ここに辿《たど》り着くだろうと思いついた。

事件を起こした後で藤村と新山は、嘉祢屋の荘兵衛に酒を振る舞われたのだ。

「ならば久慈屋のおかみに、荘兵衛の顔を確かめさせればいい」

植村が言った。一同は同意した。

「ええ、そんなことをしなくちゃいけないんですか」

おかみは初め嫌がった。

「何とか頼む」

源之助が百文を渡して、やっとのことで面通しすることを承知させた。百文は高岡藩にとっては痛い出費だが、井尻に出させるつもりだった。井尻は清三郎祠の賽銭を抱え込んでいる。それくらいは出すだろう。

おかみを、嘉祢屋へ連れて行った。

「ええ、あの人でした」

荘兵衛の顔を見て、おかみは言った。犯行のあった翌日、久慈屋で荘兵衛と藤村、新山が飲んでいたのは間違いない。酒肴の代を払ったのは、荘兵衛だった。

「やはり、褒美でしょうね」

橋本が、腹立たし気に言った。

七

翌日、朝のうち、京と孝姫が鞠《まり》を転がして遊んでいた。京はにこやかで、孝姫は嬉しそうだった。

京が投げた鞠を、きゃっきゃとはしゃぎ声を上げながら追いかけている。母子《おやこ》のそういう姿を正紀が目にするのは、久しぶりのことだった。

下屋敷に出向いて清三郎祠を拝んできたのは、京にとってはよいことだったと感じて、胸を撫《な》で下ろした。清三郎が生まれたことは、無駄ではなかったという思いが、京を支えている。

このまま、元に戻ってほしいと正紀は願った。

北町奉行所の吟味方与力による聞き取りがあったが、それについてどうするかはまだ何も言ってこない。ただ昨夕山野辺が姿を見せて、奉行所を訪れた西垣と吟味方与力が合議したことを伝えられた。

「次の段階に入るだろう」

と告げて山野辺は引き上げた。

昨日源之助らは、事件の翌日に荘兵衛らが常盤町の久慈屋で酒を飲んだことを聞き込んできた。ねぎらいと取れなくはないが、それだけでは何の証拠にもならない。大目付が大名家家臣の不祥事《ふしょうじ》として取り上げ、騒ぎが大きくなれば、高岡藩としては不利な状況だ。

状況を好転させるためには、もう一つ確かなものが欲しいところだった。

さらにどう当たればいいのか、橋本も杉尾も困惑していた。役目はそれだけではない。廻漕河岸場方としての、運営のための仕事がある。

並行してやらなくてはならなかった。

中一日明けた二日後、油堀《あぶらぼり》河岸にある油問屋で輸送の打ち合わせを済ませた。開拓して間もない店だ。

店を出てから、橋本は杉尾と共に常盤町一丁目の居酒屋久慈屋へ行った。藤村や新山について新たに何か分かることがないか、女房だけでなく女中にも問いかけをしてみようと考えたのである。

久慈屋では昼飯も食べさせたので、二人はそこで昼食をとることにした。行商人や職人、人足ふうが食事をしている。

玄米の飯に菜っ葉の味噌汁、目刺《めざし》三尾《び》に蒟蒻《こんにゃく》の煮付け二切れ、それに香の物がついていた。麦や雑穀《ざっこく》が交《ま》じらないので、飯はうまかった。

周囲ではいろいろな話をしているが、一つ気になるものがあった。声高に話すので、嫌でも耳に入った。

「近頃このあたりで評判になっている、亀戸のお大名家の若殿様の祠だがね」

「ああ、幼子の病《やまい》を治すという話だな」

清三郎祠の話だ。橋本らは耳をそばだてる。

「あたしの近くの家の子も具合が悪くなって、夫婦でお詣りに行ったのさ」

「なるほど。それでよくなったんだね」

ここまでは、予想のついた会話だった。

「それがどうも、そうではないらしい」

「かえって悪くなったっていうのかい」

「まあ、そういうことだね」

そこまで聞いて、橋本は杉尾と顔を見合わせた。

「噂とずいぶん違うじゃないか」

誰かが言い返した。

「でもね、どうもそうらしい。行くのをやめたら、元に戻ったという話でね」

ここで、傍《そば》で聞いていたらしい隠居ふうが口を挟んだ。

「それは、たまたまのことじゃあないのかね」

病は、よくもなれば悪くもなる。祠は医者ではない。

「いや、そうじゃなさそうなんだよ」

「ならば何だね」

「若殿様は早世した。その恨《うら》みの霊が、達者な子の気を吸い取っているんじゃないかということさ」

「まさか」

「いや、どうも本当らしい。あたしゃ他でも、そんな話を聞いたよ」

お詣りをして悪くなった者がいると言っているのは、三十代後半の歳の小太りの商人ふうだ。

「どうもいいことばかりじゃ、ないらしいね」

割り込んだ隠居がため息を吐《つ》きながら返した。

「それじゃあ、あたしはこれで」

食べ終わったのか、小太りの商人ふうは飯の銭を払うと店から出て行った。

「それにしても、幼い子がいる家は、一度お詣りをしておいた方がいいっていう話だったけど」

「本当かどうかは知らないけど、今みたいな話を聞くと、どうしたものかと考えてしまうねえ」

「まったくだ。近所に行こうとしている夫婦がいるが、考えるように言ってやらなくちゃあならない」

変な雲行きになっている。橋本は食べている途中だったが、箸《はし》を置いて通りに出た。話していた商人ふうに、どこで聞いたのか確かめておこうと考えたからである。

けれども商人ふうの姿は、すでに見えなくなっていた。

「確かめられなかったのは、しくじったな」

「はい。恨みの霊とは、とんでもない話です」

杉尾の言葉に、橋本が返した。

「この話は、他にも広まっているのだろうか」

「どうでしょう。ただああいう話し方をされると、清三郎様の霊が穢《けが》されたような気になります」

参拝をしたからといって、必ずしも病が快癒《かいゆ》するとは限らない。とはいえ病を悪くする祠とされては、建てた意味がなくなる。悔しい思いだ。

そのままにはできない。そこで橋本たちは、食事を済ませた後、木戸番小屋で番人に尋ねた。

「お大名屋敷の祠にまつわる話ですね。そういう変な話は聞きませんがね」

と返されてほっとした。しかし次に尋ねた茶店のおかみは、異なることを口にした。

「ええ、そんなことを話している人がいましたよ」

「そうか」

嫌な感じだった。話していた者の歳恰好《としかっこう》を訊いた。

「三十代後半くらいの歳で、小太りの商人ふうでした」

「同じやつだな。わざと広めているのではないか」

けしからん、ということで周辺を捜した。けれどもそれらしい者には出会わなかった。

「噂が広まると、お詣りをする者が減るでしょうね」

「確かめてみよう」

橋本は杉尾と共に、亀戸の下屋敷へ足を向けた。

「おお」

参拝の者の姿はあったが、これまでとは比べ物にならないくらいの少なさだった。

「昨日あたりから、急に減りました」

門番の中間が言った。

第四章　引き離し

一

同じ日の昼下がり、佐名木は庭から鶯《うぐいす》の鳴き声を聞いた。高岡藩は金子の悩みが多いが、今はそれに加え、吉田藩士と嘉祢屋の手代殺しに絡んだ十一両の強奪の話が高岡藩を襲ってきていた。

頭が痛いところだったが、鶯の鳴き声は、ほんの少しだけ気持ちを和《なご》ませることができた。しばらく耳を傾《かたむ》けた。

そこへ本家の浦川が訪ねてきた。

「すっかり春らしくなりましたな」

浦川に言われると、穏やかになりかけた気持ちが乱された。

「佐名木殿と、折り入って話をしたい」

　本家と分家の間柄だから、江戸家老同士が二人で会うことは珍しくない。しかし浦川が高岡藩上屋敷を訪ねてくるのは珍しかった。

　嫌な予感があったが、顔には出さない。

「孝姫様は、健《すこ》やかにお過ごしでござるか」

　そう告げられて、来意が読めた。掛川藩太田家の四男洋之進との、縁談についての話である。初めての話ではなく、こちらはやんわりと断りを入れているが気にする様子はなかった。

「奥方様ともども、明るくお過ごしでござる」

　京のことにも触れて、継嗣《けいし》ができる可能性が強くなっていることをにおわせたつもりだった。

「それは重畳《ちょうじょう》」

　とは口にしたが、浦川の関心はそこにはない。押したいところを押してくる。

「つい先日、吉田藩の西垣殿と会い申した」

「ほう」

　いよいよきたかと思った。

「西垣殿も、困っておられた」

「石澤殿と商家の手代与曾助が、襲われた件ですな」

「さよう。藩としても家臣を殺されて、そのままにはできぬという話でござる」

浦川は、案じ顔をしてみせた。

「当家が、関わっているとする話ですな」

「さよう。橋本という名が、挙がっており申す。もう一人仲間がいて、それは杉尾なる者だとか」

「その者らは、やってはおらぬと話しております。暮れ六つには屋敷にいて、話をした者もありまする」

「会ったといっても、家中の者でござろう」

「それはそうでござるが」

「犯行の場近くで、顔を見たと証言する者がいると聞いたが」

一番痛いところを突いてきた。

「………」

「出るところに出れば、高岡藩には都合の悪い話でござろう。ゆえに正甫様も、お心を痛めてござる」

「それは何とも」

佐名木は恐縮するふりをした。しかし胸の内では、「何を抜かすか」と呟いていた。こちらでは、おまえが共に企《たくら》んだことではないかと踏んでいる。

「まあ、明らかになったところで、大きなことにはなりますまい。とはいえ他家との関わりの中で、吉田藩では家中の者が一人亡くなっている。曖昧《あいまい》なままに済ますことは、とうていできますまい」

浦川は、あくまでもその線で話を進めてきた。

「大目付も動くことになりますからな。それなりのご処分が下ることになり申そう」

「処分でござるか」

無理やり話を、そこへ持っていった。処分とは、高岡藩に対するものだ。責を問うといった趣旨だろう。いよいよ核心に入ったということだ。

「さよう。たかだか十石ほどの減封《げんぽう》でござろうが」

「なるほど」

弱い部分を攻めてきたのだと、相手の腹が読めた。

たかだか十石とはいっても、ぎりぎり一万石の高岡藩では極めて大きな意味があった。九千九百九十石となれば、大名ではなくなる。家格や藩主が得られる官位も下がり、領地は知行地となる。どこを削られても苦情は言えない。

吉田藩主の信明は、そこを押してくるのだろう。定信にとって、都合のいい話だ。尾張一門にとっても、傘下の大名が一つ減ることになる。高岡藩は、反定信派の先鋒《せんぽう》といっていい立場だった。

「そこでご相談、ということでござる」

「どのような」

佐名木は関心のない口調にした。杉尾と橋本の犯行は認めていないが、一応は聞いておくといった態度だ。

「掛川藩太田家との縁談は、まとまればめでたい話でござる」

「…………」

それは前にも聞かされた。

「信明様も、望んでござる。正甫様もでござるが」

正甫は、すでに信明や浦川の考えに染まっている。

「それでどうしろと」

不機嫌な顔になったのは、己自身でも分かった。

「婚姻を受け入れるならば、信明様もお考えになるということでございましょう」

「何を考えると」

佐名木は分かっていても口にした。

「話を大きくはしたくないのでござるよ。しかしな、何もしなくては事は収まらぬのではござらぬか。家臣が一人亡くなっている。家中の者への示しがつき申さぬ」

「事を荒立てようとするのは、おまえらではないか」

と喉元《のどもと》まで言葉が出かかった。しかも石澤や与曾助を斬殺したのは、藤村や新山ではないのか。

しかし浦川は、平然として言葉を続けた。

「お考えいただきたい。ただいつまでもというわけにはまいらぬ。できるだけ早く、ということでござる」

伝えるべきことを口にすると、浦川は無駄な話をせずに引き上げた。訪問は、通告のためと受け取った。

正紀は佐名木から、浦川がした話について報告を受けた。それを青山と、夕刻戻ってきた源之助と植村、杉尾と橋本に伝えた。

「呑める話ではございませんね」

「よくもまあ、そのようなことを」

聞き終えたところで、源之助と橋本が言った。

「まったくだが、笑い飛ばすわけにはいかぬぞ」

と言ったのは青山だった。深刻な面持ちだ。十石の減封ということが、頭にあるからだろう。植村や杉尾が頷いている。

「確かな証《あかし》を、捜さなくてはなりませぬ」

と言ったのは植村だった。妻を持ち、その腹に子が宿った。正紀と共に今尾藩から移ったが、あの頃とは変わった。膂力《りょりょく》だけが取り柄《とえ》の者ではなくなっている。人は変わるものだと正紀は感じた。

そして次に、杉尾が報告をした。

「清三郎様の祠について、捨て置けぬ噂がありまする」

「何か」

「恨みの霊と申す者がございます」

杉尾は、常盤町で耳にした話を伝えた。そういえば昨日今日、祠を参拝する者が減ったという報告を得ていた。

「参拝をして、かえって具合が悪くなった者がいるとでもいうのでしょうか」

「そこは、はっきりいたしません」

源之助の問いに、杉尾が答えた。

「ふざけたやつですね。恨みの霊という言い方に、悪意がこもっておりまする。わざと広めているのでございましょう」

青山が、怒りの口調で言った。

「そやつを、捜してみまする。何者かに、言わされているのではないでしょうか」

植村が続けた。清三郎祠は、喜世も信奉《しんぽう》している。家中の他の者も同様で、藩にとっては大事だ。

ただこの件については、はっきりするまで、京には伝えられない内容だった。

二

翌日、源之助と植村は、正紀の許しを得て、清三郎祠について噂を流していた者を捜すことにした。そのままにすれば、悪意を持ってさらに広められると考えたからだ。

まず足を向けたのは、深川常盤町の居酒屋の久慈屋だ。杉尾らは廻漕河岸場方の仕事があったが、源之助と植村は近習方だから、時間の融通《ゆうずう》が利いた。

「昨日の昼、大名家の祠について話していた、三十代後半の商人ふうに覚えはないか」

店で掃除をしていた女中に問いかけた。

「小太りの人ですね」

雑巾がけの手を止めて答えた。昨日の今日だからか、覚えていたようだ。

「そうだ。よく来る客か」

「いえ、見慣れない顔でしたが」

「では祠について、同じような話をしていた者は他にいないか」

「あの話が出た後で、していた人はいました」

商人ふうが去った後のことだ。それまでに、恨みの祠を話題にした者はいなかった。新たにやって来た客も、商人が残していった話に関心を持った様子だったとか。

「そうやって、噂は広がっていくわけか」

植村が呟いた。源之助は女房にも訊いたが、同じような返答だった。商人ふうの行き先は分からない。これでは、この先捜しようがなかった。

「その場にいて、話を聞いていた者を覚えているか」

「ええ、常連さんもいました」

三人の名を挙げてもらった。早速訪ねることにした。一人目は、近くのしもた屋に住む二十代半ばの歳の錺《かざり》職人だった。

「そういえば、そんな話をしていましたねえ」

仕事の手を止めて、問いかけに答えた。女房さえいないので調子を合わせていたが、祠に関心があったわけではなかったとか。さらに続けた。

「久慈屋で昼飯を食うことはよくありますが、あの商人ふうの顔を見たのは昨日が初めてでした」

次は青物屋の隠居だった。

「うちには、生まれて間もない孫がいたのでね、気になりました」

ご利益《りやく》があるという噂を耳にして、お詣りにも行ったとか。

「でもねえ。嘘かまことかは分かりませんが、ああいう話を聞いたら、もうお詣りをする気にはなりませんね」

あっさりと口にした。隠居の立場からすれば、当然だと思われた。

「話していた商人ふうに、見覚えはないか」

「この近くのどこかで、見たような気はしますが」

特定はできない。行商ということで、深川界隈を歩いている者ならば、丹念に捜せば出会えそうな気がした。とはいえ振り売りを含めると、たくさんの小商人《こあきんど》が通りを行き過ぎる。町の者は、一人一人の顔を確かめているわけではなかった。

三人目は近くの長屋の大家だった。

「うちの長屋にも、身重の女房がいましてね。初めの噂のときには、行ってみるようにと話してやりました」

「では夫婦は、行ったのだな」

「はい、また行くと言っていました。でもねえ」

「やめろと伝えたのか」

「まあ、様子を見ればという話です」

腹の子は、順調に育っていた。

大家は、店子《たなこ》のことを思って話しただけだ。悪意のない者を、責めるわけにはいかない。話していた商人ふうが何者かは分からないままだった。

続けて近くの茶店へ行った。

「ええ、お大名家の祠の話をしていた人がいました。聞いていたお客さんたちが、その後で祠の話をしていました」

おかみが言った。最初に行った久慈屋と同じだ。

「どんな話であったか」

「お詣りするのが、怖くなったといったような」

幼子のことを思うからこそ、お詣りをする。恨みの祠ならば行かない。詣る側にしたら、それだけの話だ。

「やって来たのは、何刻頃《なんどき》のことか」

「昼をやや過ぎたあたりかと」

外見を聞くと、同じ者だった。久慈屋で話していた直後だと思われた。

「続けて二軒で、話をしたわけですね」

「やはり、わざと広めています」

源之助と植村は話した。ただおかみは、話していた商人ふうをどこかで見かけた気がすると告げた。とはいえ素性は分からないそうな。

「もし広めているのだとしたら、他でもやっているでしょう」

そこを捜すことにした。近くの小名木川に架かる高橋《たかばし》の袂《たもと》の広場で、甘酒売りの爺さんが覚えていた。

「ええ。甘酒を買って、一緒に飲んでいた客に話しかけました」

「声は、大きかったのだな」

「そうですね。歩いていた人が立ち止まって、話を聞いていました」

爺さんの言葉を聞いて、源之助は確信した。

「ここまでくると、明らかに悪意があってやっていますね」

「銭を得たのでしょう」

源之助が、さらに問いかけを続ける。

「その商人ふうが、どこの誰か分かるか」

「さあ」

甘酒売りは首を傾《かし》げた。そこまで話したところで、道に水を撒《ま》いていた蕎麦《そば》屋の娘が口を挟んできた。話を聞いていたらしい。

「あの人、葛籠《つづら》に入れた足袋《たび》を売っていた気がします」

商売をしている場面を見たようだ。

「どこで見かけたのか」

「ええと、そうそう清住《きよすみ》町の扇子《せんす》屋でした。あたし欲しい品があって、店で選んでいたんです」

店の者に、足袋を売りに来たのだ。清住町の扇子屋へ行った。

「ああ、羽吉《うきち》さんですね」

月に一度くらい廻って来るとか。

「他よりも安いのでね、うちでは買っていました」

最近では、四日前に来た。そのときは、祠の話はまったく出なかった。

「どのような者か」

「そうですね。声が大きくて、調子のいいところがあります」

「住まいが分かるか」

「そこまでは、ちと」

界隈を聞き込むと、羽吉が顔を出している店は他にもあった。

「昨日来ました。ええ、祠の話をしていきました。恨みのこもった祠だって」

常盤町周辺だけでなく、他でも広めている模様だ。

「許せぬ」

植村が、拳《こぶし》を握りしめた。喜世の腹には赤子がいる。もてあそばれた気がするのかもしれなかった。

とはいえ羽吉がどこに住んでいるかは分からない。出会うこともなかった。

三

翌日も、源之助は植村と羽吉捜しを続けた。清住町の扇子屋に顔を出しているならば、このあたりの他の店やしもた屋にも出入りをしているはずだった。

「祠を参拝した後で、具合が悪くなることはあるでしょう。身重の者ならば、おかしいことではありませぬ。しかしそれを恨みの霊の仕業《しわざ》として告げ廻るのには、腹が立ちまする」

悪意のある噂を広められるのは許せない、という植村の気持ちだ。

「まことに。祠は医者ではない。信じるかどうか、ということですからな」

源之助も、清三郎の霊が穢《けが》されている気がして腹を立てている。捕らえて、悪意の言葉を広めるわけを問《と》い質《ただ》さなくてはならない。やらせた者も炙《あぶ》り出す。

永代橋《えいたいばし》に近い佐賀町《さがちょう》から当たってゆく。足袋はどこの家でも使うだろうから、片っ端から問いかけをした。

「うちは行商からは仕入れません」

大店《おおだな》や老舗《しにせ》といった店は、決まった店から買い入れるらしい。あっさり返された。

しかし小店《こだな》やしもた屋となると、そうではなかった。安ければ買い入れる。

「羽吉さんならば、月に一度二度くらい顔を見せますよ」

そう答える家が、昨日よりも増えた。昨日来たという家が三軒続いた。足袋を買ったかどうかはともかく、三軒のすべてで、羽吉は祠について話をしていた。

「お大名家の祠については、うちは聞いていなかったんですけどね。それでそういうところがあるのだと知りました」

ご丁寧《ていねい》に、行くのはやめろと告げたらしい。

「教えてもらって、よかったですよ。お詣りに行くつもりでしたから」

と言う者もいた。教えられて感謝をしている。

とはいえ羽吉の名は知っていても、住まいを知る者はいない。どこを売り歩いているのかもはっきりしない。決まった日に現れるわけではなかった。

永代橋よりも川下の、相川町《あいかわ》へ入った。

「足袋売りの羽吉さんならば、四半刻ほど前に来ましたが」

古着屋の女房が言った。ここでも祠の話をしていた。親切ごかしで、祠へ行くのをやめろと告げたのだ。

「ならばまだ、このあたりにいますね」

植村は目を輝かせた。一軒一軒、店を覗いた。間口二間（約三・六メートル）の春米《つき》屋《ごめ》の中から、男の声が外へ漏れてきた。「お大名家の祠」という言葉が耳に飛び込んできた。

源之助は店の中を覗いた。商いの品を入れているらしい葛籠《つづら》を背にした、三十代後半の商人ふうだった。

「恨みの霊がついていたら、せっかくの幼子がかわいそうだ」

店には他に客もいて、その話を聞いている。源之助はすぐにも店に飛び込みたかったが、男が出てくるのを待った。お詣りに行って、かえって具合が悪くなった幼子のことを見てきたように話していた。

「おい、羽吉だな」

春米屋から出てきたところで、植村が腕を摑み大川の土手へ連れて行った。

「た、助けてくれ」

手足をばたつかせたが、巨漢の植村には抗《あらが》うすべもない。

「祠について、なぜあのような根も葉もないことを喋り廻っているのか」

源之助が、湧《わ》き上がる怒りを抑えながら尋ねた。

「根も葉もないことじゃない。ちゃんと聞いたんだ」

「銭を寄こして、触れ廻るように告げられた者からだな」

植村が睨みつけた。二の腕を掴む手に力が入ったらしかった。商人ふうは顔を歪《ゆが》めた。

「世迷言《よまいごと》を申しておると、腕の骨が砕《くだ》けるぞ」

源之助が脅《おど》した。植村がさらに手に力を込めたようだ。容赦《ようしゃ》をする気配はなかった。

「ああ。そ、そうです」

羽吉は観念したらしかった。植村は、それで手の力を緩《ゆる》めたようだ。とはいえ逃がすわけにはいかないので、そのまま腕を掴んでいる。

「銭を寄こして命じたのは、何者か」

「私と同じくらいの歳の、大店の番頭ふうでした」

三日間、恨みの霊について喋りまくれば前金で銀三十匁《もんめ》、三日後に銀三十匁を出すと言われたそうな。今日が三日目となる。喋るだけで、およそ一両になる仕事だ。

暮れ六つどきの永代橋の東袂《ひがしだもと》が、銭を貰《もら》うための待ち合わせ場所だと言った。

「払いに来ると思うか」

「うまくいったら、他の仕事もあると言った」

稼げると踏んだようだ。

「その番頭ふうの名は」

「それは言わなかった」

もちろん店の屋号も教えられていない。

「番頭ふうについて、何か思い出すことはないか」

「ありませんが」

そう答えたところで、羽吉は顔を歪めた。植村が、手に力を入れたらしかった。

「よく思い出せ」

顔を顰《しか》めながら、首を捻《ひね》って考える様子を見せた。

「そういえばほんの少し、体から醤油というか味噌のにおいがしたような」

「ううむ」

源之助と植村は、顔を見合わせた。その年齢で味噌醤油となると、一人思い浮かぶ人物がいる。嘉祢屋の荘兵衛だ。

「そうか。あやつ、ここでも絡んでくるのか」

「まったくだ」

植村は、源之助の呟きに返した。同じことを考えたようだ。どちらも驚いたわけではなかった。

「では、確かめよう」

羽吉を引っ立てて、日本橋上槙町の嘉祢屋の店の前に行った。いつもと変わらない商いの様子で、店の奥に荘兵衛の姿が見えた。

「あの男ではないか」

源之助が顎《あご》をしゃくってみせた。

「ええ、あの人でした」

羽吉は、少し怯《おび》えた様子で頷いた。依頼した商人について、こちらがすでに捜し出していたからだろう。

それから源之助と植村は、深川熊井《くまい》町にあるという羽吉の長屋へ行った。逃げられないように、住まいを確認したのである。

そして謀《はかりごと》を話した家を廻らせて、あれがありもしない出まかせだったことを伝えさせた。

「余計なことを言いました。恨みの祠だなんて、とんでもないことでした」

暮れ六つになって、羽吉を永代橋の橋袂《はしだもと》に立たせた。荘兵衛は現れなかった。

「二度と、ありもしない噂を流すな」

と告げて、羽吉を解放した。

四

源之助らが屋敷に戻ってきたのは、五つ（午後八時頃）近くになった。昼間は暖かくなったが、夜になるとまだ風は冷たかった。

正紀は佐名木と共に、報告を受けた。杉尾と橋本も同席した。新たな何かが分かるのではないかと気にしている。すべてを聞いて、明日の動きについて話し合う。

「そうか、荘兵衛が仕組んでいたわけか」

「しかしなぜ、あやつがそのようなことをしたのでございましょう」

正紀に続いて、橋本が不審を口にした。

「清三郎様の祠が賑わうのは、当家にとってはよいことでも、それが気に入らぬという話でございましょうか」

杉尾が、自信なさげに返した。佐名木がそれに応じた。

「石澤と与曾助を襲わせた。よほどの覚悟であろう。当家を貶《おとし》めるのが目当てだ」

「まさしく。祠が評判になるのも面白くない。目につくことは何でもという話ではございまするまいか」

植村が口にすると、杉尾や橋本も大きく頷いた。

「これに浦川や吉田藩の西垣が絡んでいるとなると、それだけでは済まなくなる。掛川藩の雉原までが関わってくれば、孝姫様の縁談も話の中に含まれる」

「では悪意の噂話も、縁談を進めるという腹が、根っこにあるわけですな」

源之助が口を挟み、それに植村が続けた。

「京様の気持ちを削《そ》ごうとの腹でしょうか」

これは橋本の意見だ。

「うむ」

正紀は頷いた。同じことを考えていたところだった。京は清三郎祠を心の拠《よ》り所《どころ》にして、立ち直ろうとしている。しかし立ち直られては困る者がいるのは確かだ。

京の暮らしぶりは、本家に伝わっていると考えるべきだった。悪意はなくても、家中の者は本家の者に話してしまうことがある。

「卯三郎と荘兵衛を、改めて当たってみよ」

正紀は、杉尾と橋本に命じた。

翌日、橋本は杉尾と共に嘉祢屋へ足を向けた。源之助と植村は、祠の悪い噂について探りに出た。羽吉の他にも、噂を流している者がいないか確かめるためにだ。背後に荘兵衛以外にも誰かいるかもしれない。

嘉祢屋の外見は、これまでと変わらない。見た目ほど繁盛しているわけではないという話は、前に聞いた。まずはうまくいっているのかいないのか、商いの本当のところを、探ることにした。

とはいえ、それを店の者に尋ねることはできない。与曾助が最期に橋本の名を挙げている手前、行けば警戒をするだろう。

「同業の店を、当たろうではないか」

杉尾に言われて、京橋《きょうばし》川河岸の北紺屋《きたこんや》町にある味噌醤油問屋へ行った。橋本が手代に問いかけた。

「さあ、よそ様のお店のことは」

「評判くらいは、聞くであろう」

「悪くないかと存じますが」

いい加減な返事だと分かった。関わりたくないのだろう。仕方がないので、本材木《ほんざいもく》町二丁目の問屋へ行った。

しかしここでも、参考になる返答は得られなかった。

「得体の知れない侍に、同業の商いの様子など、気軽に話すことはできないということだな」

そこで小売りの店へ行った。こちらの方が、気楽に話すかもしれない。

「悪いとは聞きませんが、いいとも聞きません」

問いかけには応じたが、詳しいことは分からない。嘉祢屋から仕入れている小売りを聞いて、その店へ行った。

「支払いの催促《さいそく》が厳しくなりました」

小売りの初老の主人は、面白くないという顔で答えた。前にもどうにも都合がつかない事情があって、半月待ってもらったことがあった。

「でも去年の秋は、待ってもらえませんでした。仕方がないので、借金をして払いました」

「嘉祢屋は、金繰《かねぐ》りが厳しくなったわけか」

「そうじゃないかと思います」

これだけでは、分かりにくい。他にはないかと訊いてみた。

「年末には、品を押しつけられそうになったことがありましたっけ」

「売るべき品を、仕入れすぎたということか」

「そうじゃないですか」

「しかしそれは、嘉祢屋の不手際であろう」

「そりゃあそうですけどね、どうにかしたかったのでしょう。在庫を抱えて年を越すのは、どこでも嫌でしょうから」

詳細は知らされない。年末のことは、断ったそうな。

「このままでは、埒《らち》が明かないぞ」

杉尾が呟いた。

楓川《もみじがわ》の河岸道《かしみち》を歩いていた。橋本の目に、積まれた荷についてあれこれ話している侍の姿が映《うつ》った。十手を手にしている。

北町奉行所の与力山野辺だった。

「あの方に、手伝いをしていただきましょう」

橋本はそう言って、傍《そば》まで行った。正紀と昵懇《じっこん》だから、橋本らもよく知った相手だ。話が済んだところで、挨拶をした。

「おお、こんなところで」

山野辺も挨拶を返してきた。杉尾が、ここまでの調べの模様を話した上で手伝いを依頼した。

「分かった。聞き出してみよう」

本材木町の問屋へ行った。山野辺が声をかけたのは、手代ではなく番頭だった。

「嘉祢屋を存じておるな」

「もちろんでございます」

腰の十手に手を触れさせながらの問いかけに、番頭は頭を下げた。ここだけの話として、山野辺は問いかけを続けた。

「商いの具合はどうか。あまりよくないと聞いているが」

「どうもそのようで」

やはり橋本らが問いかけをするのとは、反応が違った。十手の力は大きかった。

「大名家の御用を受けているということで、それを店の信用にしておりました」

そういう店は少なくない。味噌醬油問屋に限らない。

「ですがあそこは、一つしくじりました」

「ほう。見込み違いの仕入れでもしたのか」

「そのようで」

さすがに町方役人は、察しがいい。昨年、捌《さば》けると見込んで仕入れた荷が売れずに残ったのは、事実らしかった。

「捌き切れず、売り残したわけだな」

小売りが買い入れを押しつけられたのは、そのためだ。味噌や醤油は樽で仕入れる。在庫を大量に抱えれば嵩張《かさば》るので、店の納屋《なや》がいっぱいになる。他で借りることになれば、その費《つい》えもかかるだろう。余計な負担がかかるわけだ。

高岡河岸でも納屋の利用で藩は収入を得ている。しかし江戸で借りるとなれば、使用料は馬鹿にならない金額になると橋本は考えた。

「なので、新たな御家と繫がりたいようです」

「当てがあるのであろうか」

「さあ、どうでしょう」

「今出入りをしているのは、吉田藩だったな」

山野辺は事情が分かるから、あえてその藩名を出したようだ。

「さようで」

「そこはうまくいっているのか」

「出入り差し止めになったならば、困るでしょうね」

「信用を落とすわけだな」

「それだけではありません。抱えた在庫の売り先に困ります」

吉田藩は大藩だから、使う量もかなりなものになるだろう。

「賄方《まかないかた》とは、うまくいっているのであろうか」

「失いそうだとは、聞いておりませんが」

そしてもう一軒、最初に軽くあしらわれた北紺屋町の問屋へ行った。ここでも山野辺は、番頭に当たった。番頭とは、昵懇といった様子だ。

おおむね同じような返答だったが、一つだけ他のことが分かった。新たに出入りをしようとしている大名家のことを、ここの番頭は知っていた。

「それはどこか」

「浜松藩を狙っているようで」

「なるほど」

耳にした杉尾と橋本は頷き合った。これを聞けたのは、何よりだ。山野辺に手伝ってもらえたのは大きかった。

前に鉄砲洲の料理屋浜惣で、嘉祢屋が二人の侍に接待をした。一人は吉田藩の西垣だと分かったが、もう一人は「ご家老」と呼ばれていて、誰かの確認はできなかった。

「間違いなく、浦川ですね」

橋本は自信を持って口にした。

五

源之助は植村と共に、深川馬場《ばば》通りを歩いていた。茶店などで、祠の噂話が広まっていないかどうか、確かめたのである。

馬場通りは富岡八幡《とみがおかはちまん》参道としての役割もあったから、茶店をはじめとする飲食をさせる店がいくつもあった。屋台店も出ている。聳《そび》え立つ一の鳥居に、春の朝の日差しが当たっていた。

「ええ、恨みの祠の話は聞きましたよ」

ご利益のある祠だと思っている者もいれば、まったく聞いたこともないという者もいる。しかし羽吉の撒《ま》いた種《たね》が、たった二、三日で、思いがけず広まっていることもあった。

「早世した子の呪《のろ》いがかかっているっていうからね、一緒に連れてゆくって。そりゃあ怖いですよ」

「そうそう、病がかえって酷《ひど》くなったってえ話ですからね」

真顔で口にする者がいた。

「誰から聞いたのか」

「隣のご隠居ですよ」

長屋の井戸端で聞いたという女房もいた。羽吉からではなかった。

「それはな、足袋売りの羽吉なる者が広めた根も葉もない噂だと聞いたぞ」

噂を耳にしたと告げる者には、源之助がそう応じた。信じるかどうかは分からない。

またどこまで広まったかも見当がつかなかった。

行けと勧めるのは、差し控えた。

「祠に詣《もう》でる者の数は、減っているのでござろうか」

植村が口にしたので、確かめに行ってみることにした。穏やかではない気持ちになっている。

まずは下屋敷の裏門へ行った。裏門の扉は開かれていた。

ここは正紀の命で、参拝の者がいたら開けるという話になっていた。

「お詣りの者が、来ているわけですね」

植村が、わずかに安堵《あんど》する口調で言った。とはいえ、一人でもいたら門は開ける。

「ああ」

「なるほど」

鳥居のあたりに、人影が見えた。老年の夫婦者と若い百姓の姿があるだけだった。前に来たときは、行列ではなくても絶え間《たま》なく人がお詣りに来ていた。それと比べると、大きな違いだった。

源之助が、お詣りを済ませた老夫婦に問いかけた。小梅《こうめ》村の百姓代の隠居だという。だいぶ離れた村だ。祠のことは、村の者の噂で知ったそうな。

一昨日《おととい》にもやって来て、両手を合わせた。引かなかった孫の高熱が、徐々に下がってきたそうな。

「よくなるまで、通うつもりでございます」

と老婆が言った。

「祠にまつわる、悪い噂を聞かぬか」

「そのような噂があるのでございましょうか」

「根も葉もない噂だが、信じる者はいるようだ」

逆に問われて面食らった。

「どのような噂でございましょう」

「ちらと耳にしただけで、詳しいことは知らぬが」

と源之助はごまかした。

「まあ、根も葉もないことを吹いて廻る者はいるのでな」

植村が付け足した。そこへ見覚えのある老人が姿を見せた。亀戸村の百姓代の隠居喜一郎だった。

「この数日は、お詣りされる方が少なくなったような」

挨拶をした後で、喜一郎の方から言ってきた。

「実はな」

羽吉に関する詳細を、源之助は話した。

「ふざけた輩《やから》でございますね」

喜一郎は憤慨《ふんがい》した。羽吉に対してだけでなく、操《あやつ》った者への怒りがあった。噂のことは、知らなかったらしい。

羽吉は、亀戸村あたりまでは廻っていなかったことになる。

「神頼みではございますが、信心《しんじん》はそれぞれの思いに任せるものかと存じます」

「まさしく」

「悪意を持って、事を曲げるようなことがあってはなりません」

これまで、羽吉や嘉祢屋、浦川などの悪意に追われる日々だった。喜一郎の話を聞いて、源之助は救われた気がした。

「そのような噂を耳にしたら、それは違うとお話しいたしましょう。うちの孫は、お陰様にて達者でございます」

「何よりのことだ」

「お詣りする者が多くなれば、おかしな噂も立ちます。私は気にいたしません。信心は、それぞれの心に芽生《めば》えます」

そう言って喜一郎は引き上げて行った。


山野辺が問屋への聞き込みをしてくれたお陰で、嘉祢屋の商いの様子がはっきりした。目論見《もくろみ》も分かった。橋本は感謝した。

「となると、掛川藩にも、手を伸ばそうとするのでしょうか」

さらに橋本は、胸に浮かんだことを口にした。

「商いを大きくしようという気持ちはあるようだ。傾《かたむ》きかけているならば、なおさらではあるまいか」

山野辺が応じた。

「ならばもう一つ、お力添えをいただけないでしょうか」

橋本が頭を下げた。

「どのようなことであろうか」

「鉄砲洲の浜物で、嘉祢屋は西垣と浦川をもてなしておりました」

「うむ。そうであった」

「ならば掛川藩の雉原あたりも、もてなしているかと存じます」

「なるほど。それを当たれということでござるな」

「さようで」

甘えていると思ったが、浜物では、問いかけても答えてもらえないのは明らかだった。

「ならば鉄砲洲へ参ろう」

応じてもらえたのはありがたかった。前にも正紀たちが浜物で、山野辺に話を聞いてもらったという。気持ちよく力を貸してもらえるのは、正紀への気持ちなのは間違いない。

三人で、浜物の敷居を跨《また》いだ。山野辺が、対応をした番頭に問いかけた。

「お客様のことでございますから」

「その方《ほう》を困らせるような真似《まね》はいたさぬ」

今回も渋ったが、山野辺は引かない。強く押して言わせた。

「先月二十日に、嘉祢屋の旦那さんと番頭さん、それにご身分のあるお武家のお客様二人が見えました」

嘉祢屋が接待をした形だ。招いた客の名は分からないと答えた。

「侍は二人とも、初めての者か」

「お一人は、前にもおいでになりました」

「ご家老と呼ばれた御仁《ごじん》だな」

「さようで」

「もう一人の歳恰好《としかっこう》は」

「三十代後半だったかと」

「何か、話をしていなかったか」

気がついた限りでいい。小耳に挟んだことが、何かの手掛かりになるかもしれなかった。

「そういえば」

わずかに思い出すふうを見せてから、番頭は口を開いた。

「そのお侍様は、正月は京で過ごされたとか」

廊下を歩いていたときに、そんな話をしていたとか。

「そうか」

橋本は胸の内で呟いた。これではっきりしたと感じていた。雉原の主君太田資愛《すけよし》は、京都所司代を務《つと》めている。

浦川と西垣、雉原、それに嘉祢屋が繋がった。

六

次の日の朝、正紀のもとへ本家の浦川から使いがあった。正午過ぎに掛川藩の雉原猪右衛門を伴《ともな》って訪ねたいというものだった。

佐名木のもとへ浦川が訪ねてきていたことは、内容も含めて聞いている。孝姫の縁談について、長くは待てないと告げられていた。

「いよいよ前に出てきたな」

佐名木と二人で、会うことにした。

昼下がり、浦川と雉原がやって来て、客間で四人が顔を合わせた。雉原については切れ者だと、睦群からも話を聞いていたが、正紀が顔を合わせるのは初めてだった。

確かに、抜け目のなさそうな眼差しだった。

「清三郎様のご逝去《せいきょ》には、心痛むばかりでございます」

雉原は、神妙な面持ちで挨拶をした。口先だけだとは思っても、殊勝《しゅしょう》な態度や眼差しで、そつがない口上だった。

「奥方様におかれましても、ご心痛のことと拝察《はいさつ》いたしまする」

「うむ」

「下屋敷に清三郎様のための祠を建てたとか。詣る者も多いようで、何よりの供養《くよう》でございまする」

浦川が話題にした。分家の者から本家の家臣に伝わり、家中にその話が広まったのだとか。これは悪意で広まったとはいえない。ただそれが、面白くなかったのは確かなようだ。

「何を抜かすか。祠を穢《けが》そうとしたのは、その方《ほう》たちではないか」

との言葉を、正紀は呑み込んだ。

浦川が命じたのか、嘉祢屋が忖度《そんたく》したのかは不明だが、すでに魂胆《こんたん》は透《す》けて見えている。そしていよいよ、本題に入ってきた。

「本日お訪ねいたしたのは他でもない、孝姫様と洋之進様のご縁談についてでございまする」

口を切ったのは浦川の方だ。

「当家では、ぜひにも話を進めたいと願っておりまする」

雉原が続けた。当主資愛《すけよし》も望んでいることだと付け足した。

「もったいない話でござる」

正紀は一応、そう受けた。どのような企《たくら》みがあろうと、資愛の意思だとしたら無《む》下《げ》にはできなかった。

京都所司代を務める資愛は、来年にも老中に推挙されるのは間違いないと噂されている。その太田家と縁を結べることを望む御家は、少なからずあるはずだった。何もなければ、正紀も躊躇《ためら》いはしない。

大名家同士の縁談としては、良縁といってよかった。

「望んでいるのは、当家の主《あるじ》だけではございませぬ」

「いかにも。定信様や信明様もでござる」

浦川が引き取った。

「定信様もか」

これには正紀も仰天《ぎょうてん》した。対立する相手としか考えていなかった。

「このことで、尾張一門の傘《かさ》から抜けろというものではございません。今のままでよろしいのです」

その言葉には、さらに魂消《たまげ》た。浦川は井上一門本家の江戸家老である。分かってはいても、尾張一門について、正紀の立場をここまではっきりと口にしたことはなかった。

それだけ熱が入っているわけか。とはいえ、それが口先だけのことなのは明らかだ。洋之進を婿とすれば、間違いなく藩政に口出しをしてくるだろう。そして尾張からの引き離しが始まる。

定信や信明の政《まつりごと》に共感できればそれでもいいが、正紀にはできない。

ただこのことで、思い当たることがあった。一月七日の人日《じんじつ》の節句の折の登城のときだ。城内廊下で正紀は定信と信明とすれ違った。黙礼をしても、いつもは知らぬふりをされた。けれどもそのときは違った。

定信が答礼をしたのだった。あれには驚いた。いったいどうしたのかと、あのときは不思議だった。しかし今は違う。

あのときには、清三郎の命は風前の灯火《ともしび》だった。その後の企みを踏まえてのものだったのかと、浦川の話を聞いて悟ったのだ。

「いかがでございましょう」

雉原が迫ってきた。

「当家では嫡男清三郎が亡くなって、まだ喪《も》も明けぬうちである。家中は悲しみ、混乱している」

正紀は、縁談を話題にできる状態ではないことを伝えた。

「そのご家中の混乱でございますするが」

浦川が、正紀を見つめた。鋭い眼差しだった。

「吉田藩士と商家の手代が殺され、十一両の金子が奪われた件がありまする」

「あれは、濡《ぬ》れ衣《ぎぬ》でござるがな」

すかさず佐名木が返した。

「何であれ、御家の藩士二名が疑われておりまする。証拠も挙げられた上でござる」

「それはそうだが、我らは認めぬ。確証はござらぬゆえな」

これはこちらの覚悟として、正紀は返した。

「顔を見たと申す者がいたとか」

「見間違いではござらぬか」

「されども、町奉行所の聞き取りもあったかと存ずる」

調べは進んでいると、浦川は伝えていた。正紀も佐名木も答えない。

「本来ならばここで、大目付からの問い質しがあるところでござりまする」

浦川は続けた。

「しかし、それはない」

「はい。ございませぬが、それは疑いが晴れたからではございませぬ」

自信ありげな物言いだ。

「どういうことか」

「被害を受けた側の吉田藩が、すなわち信明様が止めているからでございます」

「ううむ」

確かに老中が大目付に声をかければ、この程度の案件ならば、動きを止められるだろう。逆にやれと声をかければ、動きは早くなる。

これは脅《おど》しといってよかった。

「信明様のお心を、無になされてはなりますまい」

「早めのご判断をお願いいたしまする」

浦川と雉原は、言うだけのことを口にすると、引き上げて行った。

「この件について、信明殿は、どこまでご存じなのであろうか」

正紀は佐名木に問いかけた。浦川や西垣、嘉祢屋らの企みを知った上で、信明がこの一件を承知しているのかという疑問だ。

二人の命が奪われた。そのうちの一人は、吉田藩士だ。

藤村や新山が手にかけたのは、ほぼ間違いない。藩士を思うならば、怒りはそちらへ向かうはずだ。

「信明様は、細かなことはご存じありますまい。石澤や与曾助を斬ったのは当家の者だと伝えられているのでございましょう」

藩士一人の命は、細かとはいえない。真相を伝えられていなければ、そのままにはしないだろう。ただそれが政局に繫がるのならば、言葉を吞み込むに違いなかった。

「あの御仁も、幕政を担《にな》う一員だからな」

「いかにも。やつらは、ごりごりと押してきまする。こちらは降りかかる火の粉を、払っていかなくてはなりませぬ」

佐名木が言った。

「もちろんだ」

襲撃事件を振り返ってみる。

「あの襲撃の日、杉尾と橋本は与曾助が支払いを受けに出ることは聞かされていた。

しかしそれだけならば、致命的なものにはならぬ」

「まさしく」

「与曾助が橋本の名を挙げたことと、逃げる二人を見たとする者がいることが枷《かせ》になっている」

「そこを洗い直させましょう」

佐名木の言葉に、正紀は頷いた。

第五章　証言変え

一

　翌日、源之助は植村と組んで襲撃を目撃した者を、そして橋本は杉尾と組んで与曾助が「はしもと」と名を挙げた折の状況について当たることにした。

　ここのところ麗《うら》らかな日和《ひより》が続いているのは助かった。

　源之助は植村と共に、日本橋南鞘町へ行った。杉尾と橋本を見たと証言したのは、裏通りに店を持つ五十代後半の豆腐売りの朋作だった。北町奉行所の定町廻り同心宇津美弥太兵衛が、証言を取っていた。

　いい加減な聞き取りはしていないと見ていたから、疑うことはしなかった。面通しもしたと聞いている。

「しかし、そこが腑《ふ》に落ちない」

と源之助は感じていた。顔を見た者がいたというのが、いかにも都合がよすぎる気がするのである。

「まるで用意をしていたようではないか」

と呟いてはっとした。

「その視点が、抜けていた」

源之助は、考えを植村に伝えた。

「その線で考えるしかないでしょう」

植村が頷いた。他に手立てはない。溺《おぼ》れる者が藁《わら》をも摑《つか》むような気持ちだった。

「まずは朋作という人物について、当たることにしましょう」

とはいえ本人に当たれば、宇津美に話したこと以外は口にするわけがなかった。そこで豆腐屋の並びにある青物屋へ行った。店先に、中年の親仁がいた。

「朋作さんは、おかみさんと八つになる孫の男の子と三人で暮らしています」

倅《せがれ》夫婦がいたが、昨年流行病《はやりやまい》でどちらも亡くしたとか。それで引き取ったのである。他に身寄りはない。

「ならば孫の男児を、可愛がっているであろうな」

「そりゃあもう」

「女房も孫も、健勝《けんしょう》なのか。商いは、うまくいっているのか」

「孫は達者ですよ。界隈の悪餓鬼《わるがき》と走り回っています」

「女房は」

「それがちと、癪病《しゃくや》みのようで」

「医者通いか」

「どうもそうらしいですね」

親仁は気遣う表情になった。

「では商いも、たいへんだな」

「そうはいっても、おかみさんはまったく動けないわけじゃあ、ありません」

「豆腐作りにも加わるのか」

「できない日も、あるようです」

豆腐作りは朝が早くて手間もかかる。一人ではたいへんだろうと、青物屋の親仁は同情気味だった。

「坊がもう少しどうにかなるまでは、頑張ると話していましたが」

「なるほど。毎日、振り売りには出ていたわけだな」

「朝夕、出ていました」

店で客を待っているだけでは、商売にならない。日銭を稼ぐために、毎朝夕には近隣の町を廻った。買ってもらえる常連の家があるらしい。

「どういう経路で、歩いていたのか」

「それは聞いていませんが」

もう一軒、並びの艾屋《もぐさや》へ行って店番をしていた女房に尋ねた。耳にしたのは、同じような話だった。

「襲撃した二人の侍を目にしたのは、鍛冶橋の袂《たもと》から呉服橋の方へ歩き始めて、少ししてからだという話でした。豆腐屋の朋作は、いつもあの刻限に、その経路を歩いたのでしょうか」

「確かめてみましょう」

植村の言葉に、源之助は頷いた。場所としては、南鍛冶町《みなみかじ》といったあたりだ。大店老舗《おおだなしにせ》が櫛比《しっぴ》する町ではないが、鍛冶工の家や日頃の暮らしの用を足す商家が並んでいる。

まず間口一間半（約二・七メートル）の、小間物屋の店番をしていた婆さんに問いかけた。

「このあたりには、朝夕豆腐の振り売りが来るな」

「ええ、おおよそ毎日やって来ます。ほぼ同じ刻限ですね」

「いつも決まった者か」

「そうですよ。でもたまに、違う人も来ますけど」

売れ残ったものを、安く売ってゆく。すべて売れてしまっていたら、やって来ない。

「いつも来るのは、いくつくらいの者か。名は分かるか」

「名は知りませんが、三十半ばくらいだと思います」

「ほう、そうか。五十代後半の者が来ることはないか」

「ありますよ、たまに」

売れ残ったものを安くして売ってゆく者だ。それが朋作ならば、おかしくはない。

「では、先の藪入りの日の暮れ六つあたり、五十代半ばの豆腐の振り売りを見なかったか」

「あの日は、堀端で、お侍と商人が襲われた日ですね」

これは覚えていた。

「そうだ」

「さあ、どうでしょうか」

半月以上過ぎている。記憶は曖昧《あいまい》だ。婆さんは首を傾《かし》げた後で、苦笑いをした。

さらに他の者にも問いかけてゆく。覚えている者もいない者もいる。ただ覚えているとする者のすべてが、曖昧だ。
六、七軒目に行った鍛冶屋の女房は、思いがけないことを口にした。
「あの年取った豆腐屋の親仁さんは、楓川河岸あたりを歩いているって聞いたことがあるけど」

「売れ残ったときに、こちらへ来るわけか」

「そんなような話を、していましたね」

それで源之助と植村は、楓川河岸へ足を向けた。日本橋川と八丁堀を繋ぐ川だ。八丁堀に近いあたりから尋ねてゆく。

「豆腐屋さんならば、朋作さんだね。二、三日に一度は、買っているよ」

このあたりでは、知っている者が多かった。

「藪入りの日のことを、覚えているか」

「さあ、あの日も廻ってきたと思います」

店番をしていた古着屋の女房が言った。日にちが経《た》っているからか、ここでも記憶が曖昧だった。ただ藪入りの日も廻ってきていたことは覚えていた。

「ええ。あの日、一丁買いました」

夕暮れどきのことだ。暮れ六つにはやや間があった。それでは、どうにもならない。

「訊き歩いても、何も出てきませんね」

源之助がぼやいた後で、常盤《ときわ》町の端切《はぎ》れ屋へ入った。そこの婆さんが、気になることを口にした。

「藪入りの日ならば、覚えていますよ。豆腐を買おうと思って、朋作さんに声をかけたんです」

「うむ」

「そうしたら、もう売り切れたって」

「ほう。いつ頃だったか」

思いがけない返事で驚いた。

「暮れ六つには、まだ四半刻くらいの間がありましたね」

「なるほど。いつもよりも早く、売り切れていたわけだな」

源之助は、植村と顔を見合わせた。すべて売れていたのならば、朋作は鍛冶橋のあたりには行く必要がなかったことになる。

二

橋本と杉尾は、事件があった場所へ駆けつけた四人の大工職人を当たる。与曾助から、「はしもと」の名を耳にした者たちだ。

すでに同心の宇津美によって聞き込みは済んでいたが、改めて問いかけをするつもりだった。

神田三河《みかわ》町で隠居所の建て替えがあり、あの日、四人は仕事を終えて日本橋南大《みなみだい》工《く》町の棟梁《とうりよう》の家へ帰る途中だった。二十七歳の百助《ももすけ》の他、三人の若い見習い大工たちである。

一番初めに与曾助に駆け寄って、体を揺すったのが百助だと、宇津美が残した調べ書きに記されていた。

橋本は杉尾と共に、まず南大工町の棟梁の家へ行って、百助ら四人が働いている普《ふ》請場《しんば》を訊いた。今は湯島《ゆしま》一丁目の商家の修繕にかかっているという。そこへ行って、杉尾が百助らに問いかけた。

こちらが容疑の二人だとは伝えない。どのような言葉が出てこようと、高飛車《たかびしや》な態度は取らないつもりだった。

「あの日の出来事について、思いつくことを話してほしい」

今になって何だ、といった表情をしたが断ったわけではなかった。

「あの日、歩いて行く鍛冶橋の方に、もつれる人の姿があったんですよ。刀を抜いていたので、仰天《ぎょうてん》しました」

百助が答えた。他の三人も頷いた。そのときのことを思い浮かべたようだ。斬られた町人が手に提灯《ちょうちん》を持っていたので、その様子は分かったそうな。

「そしたら侍に一人が斬られたんだ。怖かったけどよ、そのままにはできなかった」

いちょうなや鑿《のみ》などを手にして駆けつけた。近くの者にも声をかけた。一人では無理だが、大勢いれば相手が侍でも歯向かえると思った。走りながら、周囲から人を呼び出すために精いっぱい叫んだのだとか。

「襲った侍は倒れた町人の懐《ふところ》に手を突っ込んで、銭を抜き取って逃げ出した。よほどの大金だと思った」

そして倒れた町人に、賊について尋ねた。「は、はしもと」というのが、最期の言葉だった。

「賊とは、知り合いだったのであろうか」

「さあ。あっしが気がついたときには、もう刀を抜いてやり合っていたんで」

その前のことは分からない。ここまでならば、宇津美の調べと同じだ。

「他にやり取りで、何かを言わなかったか」

「さあ、何か言ったような気もするが」

記憶にないらしかった。駆けつけた四人にしても、とんでもない事件に遭遇《そうぐう》して逆上していた。

「襲った侍はこのとき、顔に布を巻いていたのだな」

「そうです」

百助以外の者たちも頷いた。ならば顔の布を取ったのは、逃げ出してからとなる。朋作に見られる前までの間だ。橋本には、新たな疑問が湧《わ》いた。

「すると殺された与曾助は、顔に布を巻いていても、相手が何者か分かったことになるぞ。おかしくはないか」

橋本は、疑問を百助にぶつけた。

「そう言われてみれば」

すると脇で話を聞いていた十八、九歳の見習い大工が口を挟んだ。

「あんとき、そういえば金を奪った侍に、もう一人が何か言っていた」

「何を言ったのか、思い出してみろ」

「ええと」

四人は、顔を見合わせた。

「逃げろとか、引けとか何とか言ったんだ」

「そうだ。それからあいつら、走り出した」

「あんとき、それだけじゃなくて、他にも何か言っていたような気がする」

「うん、おれも聞いていた。名を言ったんじゃねえか。相手の侍の」

「そうかもしれねえ」

聞いた橋本の腹が、一気に熱くなった。

「どんな名だったか」

「いや、それは」

四人とも首を傾《かし》げた。あのときは、賊を追い払うことしか頭になかった。

「はしもと、ではないのか」

橋本が言った。逃げるにあたって、仲間に呼びかけることはありそうだ。

「そうかもしれないが、はっきりしねえですね」

「おれには、はしもとと聞こえたような気がする」

一人だけ言ったが、他の者は首を傾げたままだった。はしもとと、はっきりさせたいところだが、そこまでは無理なようだ。

「とはいえ、直前に名を聞いていたら、それを口にするのではないか」

四人と別れたところで杉尾が言った。

「与曾助は、襲った相手が何者か分からなかった。直前に聞いたから、それを口にした。そう考えるのが妥当だと思われます」

橋本が答えた。


常盤町の端切れ屋の婆さんが、豆腐はもう売り切れていたと告げた意味は大きかった。

「朋作は、嘘の証言をするために、わざわざあの場所へ行ったのです」

「豆腐を売るためでないのは明らかですね」

源之助の言葉に、植村が返した。ない豆腐を、売ることはできない。

「癪病《しやくや》みの女房のための医者代や薬代が欲しかったのでしょう」

「早速、当たりましょう」

依頼したのが何者かは、すでに分かっている。源之助と植村は、南鞘町へ急いだ。

朋作は、店にいた。二人の侍に気がつくと、わずかに顔を強張《こわば》らせた。

「話を聞きたい」

表に連れ出して、建物の裏手の人気《ひとけ》のないところで話をした。

「嘉祢屋の手代と吉田藩士を殺した賊についてのその方《ほう》の証言は、偽《いつわ》りであったことがはっきりしたぞ」

「とんでもありません。私は目にしたことを、そのままに申し上げただけでございます」

「虚偽《きよぎ》の証言をすると、罪が重くなるぞ。人が二人死に、十一両が奪われた事件なのだからな」

「そうだ。素直に申さぬと、共犯として死罪になる」

源之助の言葉に植村が続けた。朋作は、ぶるっと背筋を震わせた。

「ま、間違いではございません」

やっと口にした。

「その方は、鍛冶橋方面へ豆腐を売りに行ったと申したな。そこで走ってくる二人の侍を見たと」

「さようでございます」

「ふん、それが偽りだと申しているのだ。その方は、豆腐を売るためにあの場所へ行ったのではない。嘘の証言をするためだ」

「いえ、そのような」

すでに半泣きの表情になっている。

「あの日その方は、すでに豆腐を売り切っていた。あの場所へ行く必要はなかった。端切れ屋の婆さんが、証言をしているぞ」

「…………」

朋作の全身が震えた。

「その方に依頼をしたのは、嘉祢屋の荘兵衛であろう」

源之助のこの言葉が、決め手になった。がっくりと肩を落とした。

「銭が欲しかったのは、間違いありません。いろいろあったので」

掠《かす》れた声で答えた。朋作は、嘉祢屋でも豆腐を買ってもらっていた。事件のあった一月《ひとつき》ほど前、薬種《やくしゅ》屋の前で荘兵衛とばったり会ったのだとか。昨年のうちのことだ。

そのとき朋作は、金子が足りなくて求める薬を買えなかった。女房は朝から痛みを訴えていた。

店の前でぼんやりしていると、声をかけられた。

「どうしたんだい、豆腐屋さん」

荘兵衛だった。事情を伝えると、足りなかった銭を用立ててくれた。後日返せばいいと告げられた。

「それが初めでございます。その後も、用立てていただきました」

「それで、断れなくなったわけだな」

「はい。とんでもない話でしたが、できないならば耳を揃《そろ》えて返せと」

涙《なみだ》交《ま》じりの声になった。

「分かった。よくぞ申した」

高岡藩にしてみれば、大事な証人だ。

「こうなると荘兵衛は、朋作の命を奪おうとするのではないでしょうか」

植村が言った。

「そうですね」

杞憂《きゆう》とは思えなかった。証言が済むまで、高岡藩邸で身柄を預かることにした。女房には、その旨《むね》を伝えた。

三

正紀が御座所で佐名木と話をしていたところへ、源之助と植村が報告に来た。興奮気味だった。朋作に白状させるまでの詳細について聞いた。

「そうか、でかした」

まずはねぎらった。

「朋作を屋敷へ連れてきたのは上策だ。ただ荘兵衛は、早晩それに気がつくだろうがな」

佐名木が続けた。お長屋の一室に入れている。

それから少しして、杉尾と橋本が戻ってきた。四人の大工から聞いた話を伝えられた。その場には、佐名木と井尻、青山、それに源之助と植村もいた。

「なるほど。与曾助は、最期に耳にした言葉を告げたわけだな」

「それならばありそうです」

「賊はわざとその名を、聞かせたのだと思われます」

正紀の言葉に、青山と橋本が続けた。他の者も頷いている。

即死となるような深い傷は、負わせていなかった。浦川と雉原、嘉祢屋卯三郎の企《たくら》みが見えた。

「さて、そこでどうするかですな」

佐名木が言った。朋作という要《かなめ》の証人を手に入れた。大工たちの話も、補足の証拠にはなる。

「朋作を町奉行所へ出頭させても、握り潰されるだけでしょう」

井尻が言った。現実を踏まえて思ったことを口にする。小心者だから、何事も厳しめに見る。けれどもその見方は、参考にしなくてはいけない。

「大目付屋敷ではいかがでしょうか」

「いやそこも、信明様が一声かければどうなるか知れたものではないのでは」

杉尾の言葉に、源之助が返した。

「高岡藩を潰すことを目的に始めたことでござる。定信様ら公儀重役の方々の力を背景にして、雉原や浦川、西垣が手を回した案件でござる」

と言ったのは植村だ。

「ならば、向こうが容易《たやす》く手を出せぬ相手に、証人を委《ゆだ》ねては」

「そうだな」

源之助の言葉に、正紀は頷いた。同じ考えだ。

「いったいどなたで」

杉尾が問いかけてきた。それなりの人物でなくてはならない。

「そうなれば、お一人しかあるまい」

「どなたで」

佐名木に、源之助が問いかけた。そして一呼吸置いた後で気がついたらしかった。

「宗睦様ですね」

「それが、確かであろうな」

正紀が返した。証人を宗睦に預け、信明と対峙《たいじ》してもらう。そうなれば、潰すことはできない。朋作がこちらの手にある以上は、無理押しなどできない話だ。

「朋作がこちらの手に落ちたことに気づいた荘兵衛は、どう動くでしょうか」

青山が言った。確かに、相手の動きを摑んでおいた方がいい。

正紀は山野辺のもとへ源之助と植村をやって、荘兵衛の動きを探ってもらいたいと依頼した。

山野辺は、手先に嘉祢屋の様子を見に行かせた。そして暮れ六つの鐘がそろそろ鳴ろうかという頃、手先が戻ってきた。

「夕刻までは、荘兵衛の動きに変わったことはなかったようですが」

「その後、何かあったのだな」

「人足ふうの若い衆がやって来て、荘兵衛に何か伝えました」

慌《あわ》てた様子になったとか。朋作について、そこで気がついたのかもしれない。

「荘兵衛は、すぐに出かけたのだな」

「そうです。南鞘町の豆腐屋へ行きました」

「やはりな」

若い衆には、様子を見に行かせていたらしい。重要な証言をさせた者である。だからこそ、薬代などの金子を与えてきたのだ。

話を聞き終えた山野辺は、早速南鞘町へ行った。豆腐屋は、店を閉じている。裏口から声をかけた。出てきたのは、朋作の女房である。

窶《やつ》れた面持ちだが、寝付いて身動きもできないというほどではなさそうだった。

「嘉祢屋の荘兵衛が来たな」

「はい、少し前に」

女房は怯《おび》えた顔で答えた。

「朋作の行方を尋ねられたのだな」

「そうです。お侍二人と出て行ったと、話しました」

侍の名は分からないが、朋作は、承知をしてついて行ったと答えたとか。いつ戻るかも分からない。

「荘兵衛は何か言ったか」

やって来た侍二人の歳や風体《ふうてい》を尋ねたとか。終始怖い顔をしていたようだ。

「それから舌打ちをして、出て行きました」

どこへ連れ去られたかは、察したはずだった。貴重な手札を失ったことになる。慌てたはずだ。

山野辺は早速、この件を正紀に伝えることにした。

四

翌朝、正紀は尾張藩上屋敷へ出仕《しゅっし》する前の睦群を、今尾藩上屋敷に訪ねた。急用ということで、時間を取ってもらったのである。

「ご多用な中、お許し願いたい」

会ってすぐ、正紀は自白した朋作を藩邸に置いていることや、四人の大工の証言などについて手短に話した。その上で、宗睦に出張《でば》ってもらいたいという願いを伝えた。握り潰されぬようにするためだ。

「そうだな。朋作なる証人を抱えていれば、話も通りやすくなろう」

向こうにとっての要《かなめ》の証人が、こちらのものになった。話を聞いた睦群は、宗睦に伝えると言ってくれた。

「証人を得られたのは上出来だ」

とも続けた。長話はない。睦群は、そそくさと部屋から出て行った。

屋敷を出た正紀は、門前で何者かに見られている気がした。

「はて」

周囲を見回した。供の源之助や植村は気がつかないらしい。歩き始めると、つけられている気配はなかった。

「宗睦様に出ていただければ、大船に乗ったような」

「いや。信明様も、したたかだと存じますが」

源之助の言葉に、植村が続けた。だが、こちらには証人がいる。

正紀らは高岡藩上屋敷に戻った。

そして昼下がりになって、睦群から連絡があった。家臣が急ぎとして、文《ふみ》を持って来た。

宗睦は七つ（午後四時頃）過ぎに下城するので、それまでに朋作を伴《ともな》って、正紀が尾張藩上屋敷へ来るようにという言伝《ことづて》だった。正紀が、ここまでのことを、直《じか》に宗睦に伝えることになった。


八つ半頃（午後三時頃）になって、正紀は源之助と植村、杉尾と橋本を警護役にして朋作を伴って屋敷を出た。目立たぬようにと、人数は少なくした。

日差しが西空に傾《かたむ》き始めている。下谷から市ケ谷へ向かった。朋作は藩の御忍び駕籠に乗せていた。駕籠は植村と橋本が担《かつ》いでいる。何があるかは分からないから、周囲に目を配りながら歩いた。

神田川の河岸道まで出て右折した。そのまま西へ進んでゆく。湯島聖堂《ゆしませいどう》前を通り過ぎると、武家地となった。

人通りはほとんどない。烏《からす》が鳴きながら飛び去っていくばかりだ。折からの西日が眩《まぶ》しかった。

「ううむ」

正紀は旗本屋敷の間にある横道から、殺気を感じて身構えた。

「六、七人はおりまする」

源之助も気づいたらしかった。腰の刀に手を触れさせていた。駕籠の動きを止めた。

すると直後、深編笠《ふかあみがさ》の浪人者ふうが飛び出してきた。八名いた。数間《すうけん》の距離まで来て、一斉に刀を抜いた。怖れてはいない。数を頼んでの襲撃だ。

正紀と警護の四人も刀を抜いた。源之助が前に走り出て、先頭にいた浪人者の一撃を撥《は》ね上げた。動きを止めず、その二の腕に斬りかかった。

「わあっ」

叫び声が上がって、握っていた刀が宙に飛んだ。

迫ってきた浪人者たちと、こちらの四人が入り乱れる争いになった。

正紀は朋作が乗る駕籠の傍《そば》にいた。争いには加わらない。何があっても、朋作を奪わせるわけにはいかなかった。

「怖れるな。その方《ほう》は何があっても守るぞ」

駕籠の中に声をかけた。

刀身と刀身がぶつかる音が、近くで響いた。入り乱れての争いだ。駕籠を守る正紀の前に、新たな深編笠の二人の侍が現れた。

身なりからして、浪人者ではない。すでに刀を抜いていた。後から現れた一人が、正紀の前に立った。駕籠の中の証人を奪うか刺そうとしていると察せられた。こちらが本命の敵だった。

相手は刀身を振りかぶると、斜め上からこちらの首筋を狙う一撃を振り下ろしてきた。

正紀は前に出ながらその一撃を撥ね上げた。相手の体勢を崩し、至近の距離から小手を狙う動きだった。

けれども相手は、それを見越していたようだ。一瞬にして、体を横に飛ばしている。正紀の切っ先は、空を突いただけだった。

「やあっ」

休む間もなく、相手の切っ先がこちらの右手の甲《こう》を目指して迫ってきた。動きに無駄がない。

「何の」

正紀は、またしてもそれを撥ね上げた。

相手はそれで引こうとしていたが、そうはさせない。前に踏み出した。次の攻めを封じるように、切っ先を突き出した。

そのままいけば、肩先を突く動きだ。

目の前の体が、すっと斜め後ろに引かれた。こちらの攻撃を嫌がったのだ。

ただそれで攻めが終わったわけではなかった。新たな一撃が、正紀の肩を目指して落ちてきた。袈裟《けさ》に斬ろうという動きだ。

正紀は斜め前に足を踏み出しながら、刀身を受けた。力のこもった一撃だった。とはいえ相手の刀身の動きは、それで止まった。

絡んだ刀身を押すと、押し返してきた。そこで刀を横に払った。力を入れていた相手の体が、前のめりになった。体の均衡《きんこう》を崩したかに見えた。

しかし相手は、すぐに振り返ると切っ先をこちらに向けていた。次の一撃に備《そな》えたのである。

とはいえ、体勢に無理があった。渾身《こんしん》の攻めがうまくいかなかった焦《あせ》りもあるようだ。

次の動きは、瞬時にはできない。その一瞬を捉《とら》えた。

「とうっ」

振り下ろしたこちらの一撃が、相手の二の腕をざっくりと裁《た》ち割っていた。さらにその太腿《ふともも》に、正紀は刀の峰《みね》を打ちつけた。骨が折れる手応《てごた》えが伝わってきた。

「ううっ」

呻《うめ》き声を上げながら、相手はその場に倒れ込んだ。逃げられなくしたのである。

正紀は、周囲に目をやった。乱れて争う中に、浪人者ではない侍がもう一人いた。その相手を源之助がしていた。杉尾と橋本は浪人者たちと対峙していたが、すでに逃げ出した者や倒れた者もいた。

杉尾と橋本の方が押していた。浪人者は、銭で雇われた者たちに違いない。数は多くても、気迫が違った。

「おおっ」

正紀は声を上げた。朋作を乗せた駕籠が、あった場所にない。

慌てて周囲を見回した。どこから現れたのか、駕籠昇《か》きらしい二人が担《にな》ってこの場から去ろうとしていた。傍《かたわ》らには、顔に布を巻いた商人ふうが寄り添っていて、行き先の指図をしている。

争っている間に、運び出したのだ。駕籠を担っていても、なかなかに足早だ。

「おのれっ。そうはさせない」

正紀は追いかけた。

商人ふうは何か叫びながら、駕籠昇きを急がせた。しかし人を乗せている。距離はみるみる縮まった。

「止まれ。止まらぬと、二度と駕籠を担えぬ体にするぞ」

正紀は駕籠舁きたちに向けて叫んだ。びくりとした男たちの動きが止まった。

「走れっ。銭はいくらでも弾《はず》むぞ」

商人ふうは声を上げたが、駕籠は地べたに置かれた。そして駕籠舁きたちは逃げ出していった。

正紀は手にあった刀の切っ先を、残った商人ふうに向けた。こうなると相手は動けない。逃げることもできなかった。

近寄って腕を摑み、後ろ手に捩《ね》じり上げた。

「殿っ」

そこへ主持《しゆうも》ちの侍を倒した源之助が駆けつけてきた。橋本が続いている。捕らえた商人ふうの身柄を、橋本に預けた。

まず、駕籠の中を検《あらた》めた。朋作が体を震わせながら座っていた。

「もう大丈夫だ」

正紀が声をかけた。襲われて刀の触れ合う音が聞こえたのだから、生きた心地がしなかっただろう。

それから正紀は、商人ふうの顔の布を剝《は》ぎ取った。

「荘兵衛でございます」

源之助が言った。

駕籠ごと、襲撃の場所へ戻った。

源之助は、主持ちの侍の肩を砕《くだ》いていて、植村、杉尾と橋本は浪人者を倒したり追い払ったりしていた。

主持ちとおぼしい侍二人の顔の布を剝ぎ取った。浜松藩中屋敷の藤村と掛川藩下屋敷の新山に違いなかった。倒した浪人者は二人いたが、死なせてはいなかった。腕などを怪我させて捕らえた浪人者が他に二人いた。

四人の浪人者は、荘兵衛に銭で雇われた者だとすぐに自白した。

朋作を乗せた駕籠もろとも、捕らえた藤村と新山、荘兵衛と他の浪人者たちを、尾張藩上屋敷へ運ぶ。

まずは杉尾と橋本が、一足先に走って、藩邸で待つ睦群に事情を伝えた。そして正紀らは、裏門から敷地内に入った。

捕らえた者たちを、藩邸内の牢舎《ろうしゃ》に押し込んだ。

五

捕らえた者たちについては、正紀が牢舎内の穿鑿所《せんさくじょ》で尋問を行った。まず荘兵衛から で、朋作を殺そうとしたわけを喋らせることにした。

そのためにはまず、与曾助と石澤を襲って十一両を奪った事件の解明から始めることになる。これが肝心《かんじん》なところだ。話したことは源之助が記録する。

「十一両の事件について、襲った者が高岡藩の杉尾と橋本だと思わせるために、朋作に金子を与えて嘘の証言をさせたのだな」

正紀は、決めつけるように言った。

「いえ、そのようなことは」

初めは否定をしたが、朋作を襲ったという事実があり、証言もあったので認めないわけにはいかなくなった。駕籠を奪おうとしたのは、朋作の証言を怖れたからに他ならない。

「杉尾と橋本に罪をなすりつけようとしたのは、高岡藩を陥《おとしい》れるためだな」

「さようで」

荘兵衛は、がくりと肩を落として答えた。

「では実際に石澤と与曾助を襲ったのは誰だ」

荘兵衛は口にするのを躊躇《ためら》った。しかしそれでは済ませられない。

「藤村伝九郎と新山右田之助も捕らえた。あの二人が、手を下したのであろう」

正紀が迫ると、荘兵衛はこれも認めた。襲撃にも加わっていて捕らえられた。否定をすれば、なぜ襲撃に加わったのかという話になる。もう言い逃れはできない。

「主人の卯三郎やその方《ほう》は、吉田藩の西垣や掛川藩の雉原、そして浜松藩の浦川を鉄砲洲の浜惣でもてなした。それは西垣を通して、浜松藩に取り入りたかったからであろう」

浜惣で会っていたことは、調べ済みだと伝えると、これにも荘兵衛は頷いた。そこまで調べていたのかと、驚く気配があった。

「嘉祢屋は昨年仕入れでしくじった。商いがうまくいかぬ中、吉田藩の御用達から外れるわけにはいかぬし、挽回《ばんかい》するためにも、できればもう一つ大きな大名家の御用達になれないかと考えていた。そこで袖《そで》の下《した》を渡していた吉田藩の西垣に相談をした。そういう流れではないか」

「はい。ご紹介いただいたのが、浦川様と雉原様でした」

正紀の言葉を聞いて、覚悟を決めたらしかった。

「そこで、高岡藩を嵌《は》める話が出たのだな」

「魂消《たまげ》ました。お大名様を陥《おとしい》れるなど、できぬ話だと」

「しかし三人は、力を貸すと言ったわけだな」

「さようで。断れば浜松藩や掛川藩の御用達の話が消えるだけでなく、吉田藩までも失うことになると悟りました」

卯三郎と相談の上で、話に乗ることにした。

「ならば藤村と新山は、浦川や雉原が寄こしたわけだな」

「さようです。腕が立つとのことで」

襲撃の日にちは、吉田藩からの支払いの日とした。

「しばらく前から、杉尾様と橋本様が高岡河岸を輸送に使わないかとおっしゃって、度々お店に見えました」

話は聞いたが、嘉祢屋としてはあまり乗り気ではなかった。今の輸送で間に合っていた。ただ高岡藩は浜松藩の分家だとは知っていたので、浦川にその話をした。指図を仰《あお》ぐつもりだったが、「近づけておけ」という指示を受けた。

「襲撃の日に高岡藩の二人が行くことは、分かっていたわけだな」

「おいでになる日を伺《うかが》っておいて、吉田藩にはその日にお支払いをしていただくことにしました」

藩の勘定方には、西垣が話をつけた。側用人の西垣ならば、わけのない話だった。

「それでその方は、杉尾らに支払いがあることを、与曾助に話させたのだな」

「はい。店は吉田藩出入りだということを伝えろと命じました。景気がよいように見せるのだと伝えたら、与曾助は納得した様子でした」

また嘘の証言をさせた豆腐屋の朋作は、杉尾らが来る前にあらかじめ店の中に入れておいて、与曾助と話しているところをこっそり覗かせ、顔をしっかりと覚えさせていたという。

「なるほど」

企《たくら》みは分かったが、まだ得心のいかないことがあった。とはいえこれで荘兵衛らは、杉尾と橋本が支払いを知っていたという既成事実を拵《こしら》えることができた。

「しかしな、与曾助は嘉祢屋の奉公人で、石澤里次郎は吉田藩士であった。それを死なせたのだぞ」

死なせることで、高岡藩をのっ引きならない状況に追い込むことができた。しかし落ち度のない奉公人や藩士を斬殺するというのは、尋常なことではない。

「酷い企みではないか」

「それは」

荘兵衛は口ごもってから続けた。何かあるらしい。

「あやつらは醬油の買い入れで、不正を働いておりました」

「どのようなことだ」

何を言い出すのかと、正紀は驚きを抑えて問いかけた。

「石澤様は仕入れた醬油を多めに、与曾助は実際よりも少なめに帳面に記しておりました」

「示し合わせてやったわけだな。差額を、二人は懐《ふところ》へ入れていたわけか」

それで思い出した。与曾助は、このところ懐具合がよくなったという話を耳にしていた。

「さようでございます。藩士としても、奉公人としても、とても許されないことでございます」

「処罰の意味があったわけか」

「…………」

荘兵衛は、否定をしなかった。

「与曾助は、最期に橋本の名を挙げた。それにも細工があったのであろう」

賊が何者か、与曾助には分からなかったはずだ。石澤は一刀のもとに殺しても、与曾助には言葉を残させなくてはならない。

「与曾助を刺したのは、新山様でした。たとえ亡くなっても、一突きではすぐには死なぬように、手加減をしていただくという話になっていました」

「新山は難しい役どころだったが、しおおせたわけだな」

「生きていようが死んでしまおうが、どちらでもかまいません。ですが問われた折には、名を言わせようと考えました」

誰にやられたかは、必ず問われる。

それにもし与曾助が名を告げられなかったとしても、周囲にたまたまいた者に名が聞こえればそれでよい。

「なるほど、それで逃げる際に、橋本の名を残すことにしたわけだな」

これならば、四人の大工たちの話とも重なる。

「与曾助が気絶をする前に、はしもとの名を残したと聞いたときには、この企みはなったと思いました」

荘兵衛は唇《くちびる》を嚙《か》んだ。奪った十一両は、藤村と新山に一両ずつ与えて、後は嘉祢屋の懐に戻ったそうな。目立った損失はない。

正紀にはもう一つ、確かめておきたいことがあった。

「その方は、足袋売りの羽吉を存じておるな」

「えっ」

荘兵衛は驚く様子を見せた。なぜ知っているのかという表情をしたが、すぐにこちらが調べたのだと気がついたらしかった。

「なぜあのような、悪意に満ちた噂を流させたのか」

「浦川様は、あの祠《ほこら》が賑わうのは気に入らなかったようで」

忖度《そんたく》をしたということらしい。

「ですが今となっては、どうでもよいことで」

自嘲《じちょう》の口調で付け足した。

その後で正紀は、藤村と新山から聞き取りを行った。二人は、荘兵衛の供述について問われると、無念の顔で頷いた。どちらも上役に認められて、よい役を得たかった。そのためには、何でもすると腹を決めていた。

しかし認めなかったのは、浦川と雉原、西垣ら三人の関与だった。

「それがしが新山殿や荘兵衛と謀《はか》った上でのことでござる」

と藤村は言い、新山も同様のことを口にした。上役を庇《かば》ったのである。藩に迷惑がかからないようにした。親族に累《るい》が及ぶことを避けたのだろう。

荘兵衛は三人の関与を話したが、藤村と新山は証言を変えなかった。武家と町人の証言が異なれば、どちらが重んじられるのかは明らかだった。

その後で正紀は宗睦と面会をし、詳細を伝えた。捕らえた者たちも、尾張藩に預けた。

「あい分かった。明日にも、信明と会おう」

話を聞いた宗睦は言った。

六

翌日、宗睦は江戸城内で信明と密談をした。正紀も登城して、襖《ふすま》一つ隔《へだ》てた隣室でやり取りを聞いた。

先に姿を現したのは信明で、少しして宗睦が部屋に入った。

「高岡藩から、手を引くのがよかろう。でなければその方《ほう》はもちろん、掛川藩も厄介なことになる」

宗睦は信明と向かい合うと、挨拶もそこそこに本題に入った。穏やかな口調で、揺るぎない自信が、言葉の一つ一つにこもっている。

昨日の荘兵衛や藤村、新山が捕らえられた件は、すでに信明も耳にしているはずだった。新山の犯行は、掛川藩主太田資愛《すけよし》の老中昇進の妨《さまた》げになる。宗睦はそこをとことん攻めると伝えた形だ。

「当家の藩士が、命を奪われたのは存じておりましたが、そのような裏のからくりがあったとは」

信明は、驚いてみせた。信明はもちろん、浦川も雉原も、事件のからくりについては昨日まで知らされていなかったという口調である。

「浦川と雉原も、下の者に余計なことをされて、さぞや不快に思ったことでござりましょう」

これが、信明の答えだった。藤村と新山が勝手になしたこと、として処理をする腹だ。そして続けた。

「いやいや、掛川藩の洋之進殿は、高岡の姫にふさわしいと存じましたが、残念でございますな」

信明は、いかにも惜しいといった口調で言った。こちらの狙いは分かっているから、無理押しはしない。孝姫と洋之進の縁談は、ないことになった。高岡藩の跡取り問題からは手を引くという話だ。宗睦と信明の密談は、瞬《またた》く間《ま》に終わった。

藤村と新山からは、それぞれ口上《こうじょう》書《が》きを取った上で、浜松藩と掛川藩に引き渡された。藩内で処分される。

「切腹か国許へ戻され幽閉《ゆうへい》といったところだろう」

睦群が言っていた。大名家同士が絡む事件にはならない。

襲撃の件は、下級藩士と店の主人や番頭が勝手に起こした事件として、町奉行所の管轄《かんかつ》になった。卯三郎も捕らえられている。

嘉祢屋卯三郎と荘兵衛は死罪となり、店は闕所《けっしょ》となる見込みだ。

「朋作もお咎《とが》めなしとはならぬ。とはいえ金子に絡めてやらされたわけだから、その分は斟酌《しんしゃく》される。三十日の手鎖《てぐさり》と戸締《とじ》めあたりではないか」

翌日、正紀が山野辺を訪ねて礼の気持ちを伝えて報告をすると、そんな返答をしてきた。

そして数日後、正紀は京と連れ立って、下屋敷の清三郎祠《せいざぶろうし》へお詣りに行った。参拝は京の願いでもあった。

祠《ほこら》の近くでは、椿《つばき》が群れて赤や白の花を咲かせている。

「おや、ずいぶん人の姿がありますね」

十人ほどの、老若の者が並んで参拝をしていた。百姓も町人もいた。京はほっとした口調で言っていた。参拝する者の数が増えるかどうかはともかく、悪い噂が立っていては、清三郎の霊は浮かばれないと考えるからだ。

それは正紀も同様だった。

一時は参拝する者が減った清三郎祠だが、悪い噂が消えて人が戻ってきたのである。そうなるには、亀戸村の百姓代の隠居喜一郎や源之助ら家臣、子どもがよくなった家の親族らの尽力があったと、正紀は耳にしていた。

信仰は、絶対ではない。ただ幼い子が亡くなり、その霊によって救われると考える者がいる。それでよかった。

「それでこそ、清三郎も救われると存じます」

京が言った。供として同行してきた喜世も両手を合わせた。腹の子は順調に育っているらしかった。

いきなりというわけにはいかないが、京は少しずつ心を癒《い》やしていけばいい。いつかは跡取りへの希望が湧いてくることになるだろう。

正紀はそのときを待つつもりだった。

柏手《かしわで》を打つ音や、賽銭箱に銭が入れられる音が聞こえてくる。賽銭もそれなりにあって、井尻も参拝の人が戻ったことを喜んでいた。

「清三郎様の藩への恵みではござらぬか」

と言った。誰がしたのかは分からないが、いつの間にか賽銭箱が前のものよりも大きくなっていた。

本作品は書き下ろしです。

双葉文庫

ち-01-65

おれは一万石《いちまんごく》

後嗣《こうし》の祠《ほこら》

2025年3月15日　第1刷発行

【著者】

千野隆司《ちのたかし》

【発行者】

箕浦克史

【発行所】

株式会社双葉社
〒162-8540 東京都新宿区東五軒町3番28号

［電話］03-5261-4818(営業部)　03-5261-4868(編集部)

www.futabasha.co.jp（双葉社の書籍・コミックが買えます）
【印刷所】

大日本印刷株式会社

【製本所】

大日本印刷株式会社

【カバー印刷】

株式会社久栄社

【DTP】

株式会社ビーワークス

【フォーマット・デザイン】

日下潤一

ISBN978-4-575-67237-4 C0193
Printed in Japan

千野隆司

おれは一万石

五両の報《むくい》

長編時代小説
〈書き下ろし〉

正紀の近習の植村に縁談が持ち上がった。腹心の慶事を喜ぶ正紀だが、市中では複数の武家による白昼の押し込み騒ぎが起きて——。

千野隆司

おれは一万石

銘茶《めいちゃ》の行方

長編時代小説
〈書き下ろし〉

本家浜松藩の扶持米と、分家下妻藩が仕入れた銘茶を載せた荷船が奪われた。井上一門を襲った思わぬ災難により、正紀たちも窮地に陥る。

千野隆司

おれは一万石

普請《ふしん》の闇

長編時代小説
〈書き下ろし〉

高岡藩井上家に公儀から御手伝普請の命が下った。大名家の内証を圧迫し、破滅をも招きかねぬ難事を、正紀たちはどう乗り越えるのか!?

千野隆司

おれは一万石

民草の激《げき》

長編時代小説
〈書き下ろし〉

御手伝普請の費用納付まで半月を切ったが、いまだ残り百両の目処が立たぬ正紀たち。改易の危機の中、市中では不穏な気配が漂いはじめる。

千野隆司

おれは一万石

陥穽《かんせい》の束《そく》

長編時代小説
〈書き下ろし〉

御手伝普請によって再び内証が厳しくなった高岡藩井上家。新たな収入の道を探るなか、小原紙を使った商いの話が持ち込まれるが——。